白杨礼赞

茅 盾 ◎ 著

长江出版传媒

长江文艺出版社

图书在版编目（CIP）数据

白杨礼赞 / 茅盾著. -- 武汉：长江文艺出版社，
2024.6
　（初中语文同步阅读）
　ISBN 978-7-5702-3621-3

　Ⅰ. ①白… Ⅱ. ①茅… Ⅲ. ①散文集－中国－现代
Ⅳ. ①I266

中国国家版本馆 CIP 数据核字(2024)第 104875 号

白杨礼赞
BAIYANG LIZAN

责任编辑：程华清　　　　　　　　责任校对：毛季慧
封面设计：陈希璇　　　　　　　　责任印制：邱　莉　胡丽平

出版：长江出版传媒　　长江文艺出版社
地址：武汉市雄楚大街 268 号　　　邮编：430070
发行：长江文艺出版社
http://www.cjlap.com
印刷：武汉科源印刷设计有限公司

开本：640 毫米×970 毫米　　1/16　　印张：8
版次：2024 年 6 月第 1 版　　　2024 年 6 月第 1 次印刷
字数：96 千字

定价：24.00 元

目 录

雾中偶记

前两天天气奇寒，似乎天要变了，果然昨夜就刮起了大风来，窗上糊的纸被老鼠钻成一个洞，呜呜地吹起哨子，——像是什么呢？我说不出。从破洞里来的风，特别尖利，坐在那里觉得格外冷，想拿一张报纸去堵住，忽然看见爱伦堡那篇"报告"——《巴黎沦陷的前后》，便想起白天在报上看见说，巴黎的老百姓正在受冻挨饿，情形是十分严重的话。

这使我顿然记起，现在是正当所谓"三九"，北方不知冷得怎样了，还穿着单衣的战士们大概正在风雪中和敌人搏斗，便是江南吧，该也有霜有冰乃至有雪。在广大的国土上，受冻挨饿的老百姓，没有棉衣吃黑豆的战士，那种英勇和悲壮，到底我们知道了几分之几？中华民族是在咆哮了，然而中国似乎依然是"无声的中国"——从某一方面看。

不过这里重庆是"温暖"的，不见枯草，芭蕉还是那样绿，而且绿得太惨！

而且是在雾季，被人"祝福"的雾是会迷蒙了一切，美的，丑的，荒淫无耻的，以及严肃的工作。……在雾季，重庆是活跃的，因为轰炸的威胁少了，是活动的万花筒：奸商、小偷、大盗、汉奸、狞笑、恶眼、悲愤、无耻、奇冤、一切，而且还有沉默。

原名《鞭》的五幕剧，以《雾重庆》的名称在雾重庆上演；想起这改题的名字似乎本来打算和《夜上海》凑成一副对联，总觉得带点生意眼，然而现在看来，"雾重庆"这三个字，当真不坏。尤其在今年！可歌可泣的事太多了。不过作者当初如果也跟我现在那样的想法，大概这五幕剧的题材会全然改观吧？我是觉得《鞭》之内容是包括不了雾重庆的。

剧中那位诗人，最初引起了我的回忆，——他像一个朋友：不是身世太像，而是容貌上有几分，说话的神气有几分。到底像谁呢？说不上来。但是今天在一件事的议论纷纷之余，我陡然记起了，呀，有点像他，再细想，似乎不像的多。不过这位朋友的声音笑貌却缠住了我的回忆。我不知他现在在哪里？平安不？一个月前是知道的，不过，今天，鬼晓得，罪恶的黑手有时而且时时会攫去我们的善良的人的。我又不知道和他在一处的另外几个朋友现在又在哪里了，也平安不？

于是我又想起了鲁迅先生。在《为了忘却的记念》中，鲁迅先生说过那样意思的话：血的淤积，青年的血，使他窒息，于无奈何之际，他从血的淤积中挖一个小孔，喘一口气。这几年来，青年的血太多了，敌人给流的，自己给流的；我们兴奋，为了光荣的血，但也窒息，为了不光荣的没有代价的血。而且给喘一口气的小孔也几乎挖不出。

回忆有时是残忍的，健忘有时是一宗法宝。有一位历史家批评最后的蒲尔朋王朝说：他们什么也没有忘记，但什么也没有学得。为了学得，回忆有时是必要，健忘有时是不该。没有出息的人永远不会学得教训，然而历史是无情的。中华民族解放的斗争，不可免地将是长期而矛盾而且残酷，但历史还是依照它的法则向前。最后胜利一定要来，而且是我们的。让理性上前，让民族利益高于一切，让死难的人们灵魂得到安息。舞台在暗转，袁慕容的戏快完，家棣一定要上台，而且林卷好的出走的去向，终究会有下落。

据说今后六十日至九十日，将是最严重的时期（美国陆长斯汀生之言）；希特勒的春季攻势，敌人的南进，都将于此时期内爆发吧？而且那雾季不也完了么？但是敌人南进，同时也不会放松对我们的攻势的！幻想家们呵，不要打如意算盘！被敌人的烟幕迷糊了心窍的人们也该清醒一下，事情不会那么简单。

夜是很深了吧？你看鼠子这样猖獗，竟在你面前公然踱方步。我开窗透点新鲜空气，茫茫一片，雾是更加浓了吧？已经不辨皂白。然而不一定坏。浓雾之后，朗天化日也跟着来。祝福可敬的朋友们，血不会是永远没有代价的！民族解放的斗争，不达目的不止，还有成千成万的战士们还没有死呢！

1941 年 2 月 16 日夜

（原载 1941 年 2 月 25 日《国讯》第 261 期）

雾

雾遮没了正对着后窗的一带山峰。

我还不知道这些山峰叫什么名儿。我来此的第一夜就看见那最高的一座山的顶巅像钻石装成的宝冕似的灯火。那时我的房里还没有电灯，每晚上在暗中默坐，凝望这半空的一片光明，使我记起了儿时所读的童话。实在的呢，这排列得很整齐的依稀分为三层的火球，衬着黑魆魆的山峰的背景，无论如何，是会引起非人间的缥缈的思想的。

但在白天看来，却就平凡得很。并排的五六个山峰，差不多高低，就只最西的一峰戴着一簇房子，其余的仅只有树；中间最大的一峰竟还有濯濯的一大块，像是癞子头上的疮疤。

现在那照例的晨雾把什么都遮没了，就是稍远的电线杆也躲得毫无影踪。

渐渐地太阳光从浓雾中钻出来了。那也是可怜的太阳呢！光是那样的淡弱。随后它也躲开，让白茫茫的浓雾吞噬了一切，包围了大地。

我诅咒这抹煞一切的雾！

我自然也讨厌寒风和冰雪。但和雾比较起来，我是宁愿后者呵！寒风和冰雪的天气能够杀人，但也刺激人们活动起来奋斗。雾，雾呀，只使你苦闷；使你颓唐阑珊，像陷在烂泥淖中，满心

4

想挣扎，可是无从着力呢！

傍午的时候，雾变成了牛毛雨，像帘子似的老是挂在窗前。两三丈以外，便只见一片烟云——依然遮抹一切，只不是雾样的罢了。没有风。门前池中的残荷梗时时忽然急剧地动摇起来，接着便有红鲤鱼的活泼泼的跳跃划破了死一样平静的水面。

我不知道红鲤鱼的轨外行动是不是为了不堪沉闷的压迫？在我呢，既然没有呆呆的太阳，便宁愿有疾风大雨，很不耐这愁雾的后身的牛毛雨老是像帘子一样挂在窗前。

1928 年 12 月 14 日

（原载 1929 年 2 月 10 日《小说月报》第 20 卷第 2 号）

虹

　　不知在什么时候，金红色的太阳光已经铺满了北面的一带山峰。但我的窗前依然洒着绵绵的细雨。

　　早先已经听人说过这里的天气不很好。敢就是指这样的一边耀着阳光，一边却落着泥人的细雨？光景是多少像故乡的黄梅时节呀！出太阳，又下雨。

　　但前晚是有过浓霜的了。气温是华氏表四十度。

　　无论如何，太阳光是欢迎的。我坐在南窗下看 N. Evréinoff①的剧本。看这本书，已经是第三次了；可是对于那个象征了顾问和援助者，并且另有五个人物代表他的多方面的人格的剧中主人公 Paraclete，我还是不知道应该憎呢或是爱？

　　这不是也很像今天这出太阳又下雨的天气么？

　　我放下书，凝眸遥瞩东面的披着斜阳的金衣的山峰，我的思想跑得远远的。我觉得这山顶的几簇白房屋就仿佛是中古时代的堡垒；那里面的主人应该是全身裹着铁片的骑士和轻盈婀娜的美人。

　　欧洲的骑士样的武士，岂不是曾在这里横行过一世？百余年

---

　　① N. Evréinoff：尼·叶夫列伊诺夫（1879—1953），俄国剧作家、戏剧理论家和史学家。

前，这群山环抱的故都，岂不是一定曾有些挥着十八贯的铁棒的壮士？岂不是余风流沫尚像地下泉似的激荡着这个近代化的散文的都市？

低下头去，我浸入于缥缈的沉思中了。

当我再抬头时，咄！分明的一道彩虹划破了蔚蓝的晚空。什么时候它出来，我不知道；但现在它像一座长桥，宛宛地从东面山顶的白房屋后面，跨到北面的一个较高的青翠的山峰。呵，你虹！古代希腊人说你是渡了麦丘立到冥国内索回春之女神①，你是美丽的希望的象征！

但虹一样的希望也太使人伤心。

于是我又恍惚看见穿了锁子铠，戴着铁面具的骑士涌现在这半空的彩桥上；他是要找他曾经发过誓矢忠不二的"贵夫人"呢，还是要扫除人间的不平？抑或他就是狐假虎威的"鹰骑士"？

天色渐渐黑下来了，书桌上的电灯突然放光，我从幻想中抽身。

像中世纪骑士那样站在虹的桥上，高揭着什么怪好听的旗号，而实在只是出风头，或竟是待价而沽，这样的新式骑士，在"新黑暗时代"的今日，大概是不会少有的吧？

（原载 1929 年 3 月 10 日《小说月报》第 20 卷第 3 号）

---

① 春之女神：指希腊神话中春之女神普洛色宾纳。她被冥王普路同抢到冥界，后得到麦丘立驾长虹救回。但普洛色宾纳被骗食石榴子，每年都要回到冥界。该神话是古代希腊人对于冬春两季交替的解释。

红　叶

　　朋友们说起看红叶，都很高兴。

　　红叶只是红了的枫叶，原来极平凡，但此间人当作珍奇，所以秋天看红叶竟成为时髦的胜事。如果说春季是樱花的，那么，秋季便该是红叶的了。你不到郊外，只在热闹的马路上走，也随处可以见到这"幸运儿"的红叶：十月中，咖啡馆里早已装饰着人工的枫树，女侍者的粉颊正和蜡纸的透明的假红叶掩映成趣；点心店的大玻璃窗橱中也总有一枝两枝的人造红叶横卧在鹅黄色或是翠绿色的糕饼上；那边如果有一家"秋季大卖出"的商铺，那么，耀眼的红光更会使你的眼睛发花。"幸运儿"的红叶呵，你简直是秋季的时令神。

　　在微雨的一天，我们十分高兴地到郊外的一处名胜去看红叶。

　　并不是怎样出奇的山，也不见得有多少高。青翠中点缀着一簇一簇的红光，便是吸引游人的全部风景。山径颇陡峻，幸而有石级；一边是谷，缓缓地流过一道浅涧；到了山顶俯视，这浅涧便像银带子一般晶明。

　　山顶是一片平场。出奇的是并没有一棵枫树，却只有个卖假红叶的小摊子。一排芦席棚分隔成二十多小间，便是某酒馆的"雅座"，这时差不多快满座了。我们也占据了一间，并没有红叶看，光瞧着对面的绿丛丛的高山峰。

两个喝得满脸通红的旅客，挽着臂在泥地上婆娑跳舞，另一个吹口琴，呜呜地响着，听去是"悲哀"的调子。忽而他们都哈哈笑起来；是这样地响，在我们这边也觉得震耳。

芦席棚边有人摆着小摊子卖白泥烧的小圆片，形状很像二寸径的碟子；游客们买来用力掷向天空，这白色的小圆片在青翠色的背景前飞了起来，到不能再高时，便如白燕子似的斜掠下来（这是因为受了风），有时成为波纹，成为弧形，似乎还是簌簌地颤动着，约莫有半分钟，然后失落在谷内的丰草中；也有坠在浅涧里的，那就见银光一闪——你不妨说这便是水的欢迎。

早就下着的雨，现在是渐渐大了。游客们不知在什么时候已经减少了许多。山顶的广场（那就是游览的中心）便显得很寂静，芦席棚下的"雅座"里只有猩红的毡子很整齐地躺着，时间大概是午后三时左右。

我们下山时雨已经很大；路旁成堆的落叶此时经了雨濯，便洗出绛红的颜色来，似乎要与那些尚留在枝头的同伴们比一比谁是更"赤"。

"到山顶吃饭喝酒，掷白泥的小圆片，然后回去：这便叫作看红叶。谁曾在都市的大街上看见人造红叶的盛况的，总不会料到看红叶原来只是如此这般一回事！"

我在路旁拾起几片红叶的时候，忍不住这样想。

（原载 1929 年 3 月 10 日《小说月报》第 20 卷第 3 号）

雷雨前

清早起来，就走到那座小石桥上。摸一摸桥石，竟像还带点热。昨天整天里没有一丝儿风。晚快边响了一阵子干雷，也没有风，这一夜就闷得比白天还厉害。天快亮的时候，这桥上还有两三个人躺着，也许就是他们把这些石头又困得热烘烘。

满天里张着个灰色的幔。看不见太阳。然而太阳的威力好像透过了那灰色的幔，直逼着你头顶。

河里连一滴水也没有了，河中心的泥土也裂成乌龟壳似的。田里呢，早就像开了无数的小沟，——有两尺多阔的，你能说不像沟么？那些苍白色的泥土，干硬得就跟水门汀差不多。好像它们过了一夜工夫还不曾把白天吸下去的热气吐完，这时它们那些扁长的嘴巴里似乎有白烟一样的东西往上冒。

站在桥上的人就同浑身的毛孔全都闭住，心口泛淘淘，像要呕出什么来。

这一天上午，天空老张着那灰色的幔，没有一点点漏洞，也没有动一动。也许幔外边有的是风，但我们罩在这幔里的，把鸡毛从桥头抛下去，也没见它飘飘扬扬踱方步。就跟住在抽出了空气的大筒里似的，人张开两臂用力行一次深呼吸，可是吸进来只是热辣辣的一股闷气。

10

汗呢，只管钻出来，钻出来，可是胶水一样，胶得你浑身不爽快，像结了一层壳。

午后三点钟光景，人像快要干死的鱼，张开了一张嘴。忽然天空那灰色的幔裂了一条缝！不折不扣一条缝！像明晃晃的刀口在这幔上划过。然而划过了，幔又合拢，跟没有划过的时候一样，透不进一丝儿风。一会儿，长空一闪，又是那灰色的幔裂了一次缝。然而中什么用？

像有一只巨人的手拿着明晃晃的大刀在外边想挑破那灰色的幔，像是这巨人已在咆哮发怒越来越紧了，一闪一闪满天空瞥过那大刀的光亮，隆隆隆，幔外边来了巨人的愤怒的吼声！

猛可地闪光和吼声都没有了，还是一张密不通风的灰色的幔！

空气比以前加倍闷！那幔比以前加倍厚！天加倍黑！

你会猜想这时那幔外边的巨人在揩着汗，歇一口气；你断得定他还要进攻。你焦躁地等着，等着那挑破灰色幔的大刀的一闪电光，那隆隆隆的怒吼声。

可是你等着，等着，却等来了苍蝇。它们从龌龊的地方飞出来，嗡嗡嗡的，绕住你，叮你的涂一层胶似的皮肤。戴红顶子像个大员模样的金苍蝇刚从粪坑里吃饱了来，专拣你的鼻子尖上蹲。

也等来了蚊子。哼哼哼的，像老和尚念经，或者老秀才读古文。苍蝇给你传染病，蚊子却老实要喝你的血呢！

你跳起来拿着蒲扇乱扑，可是赶走了这一边的，那一边又是一大群乘隙进攻。你大声叫喊，它们只回答你个哼哼哼，嗡嗡嗡！

外边树梢头的蝉儿却在那里唱高调："要死哟！要死哟！"

你汗也流尽了，嘴里干得像烧，你手里也软了，你会觉得世界末日也不会比这再坏！

然而猛可地电光一闪，照得屋角里都雪亮。幔外边的巨人一下子把那灰色的幔扯得粉碎了！轰隆隆，轰隆隆，他胜利地叫着。胡——胡——挡在幔外边整整两天的风开足了超高速度扑来了！蝉儿噤声，苍蝇逃走，蚊子躲起来，人身上像剥落了一层壳那么一爽。

霍！霍！霍！巨人的刀光在长空飞舞。

轰隆隆，轰隆隆，再急些！再响些吧！

让大雷雨冲洗出个干净清凉的世界！

（原载 1934 年 9 月 20 日《漫画生活》第 1 期）

谈月亮

不知道什么原因，我跟月亮的感情很不好。我也在月亮底下走过，我只觉得那月亮的冷森森的白光，反而把凹凸不平的地面幻化为一片模糊虚伪的光滑，引人去上当；我只觉得那月亮的好像温情似的淡光，反而把黑暗潜藏着的一切丑相幻化为神秘的美，叫人忘记了提防。

月亮是一个大骗子，我这样想。

我也曾对着弯弯的新月仔细看望。我从没觉得这残缺的一钩儿有什么美；我也照着"诗人"们的说法，把这弯弯的月牙儿比作美人的眉毛，可是愈比愈不像，我倒看出来，这一钩的冷光正好像是一把磨得锋快的杀人的钢刀。

我又常常望着一轮满月。我见过她装腔作势地往浮云中间躲，我也见过她像一个白痴人的脸孔，只管冷冷地呆木地朝着我瞧；什么"广寒宫"，什么"嫦娥"，——这一类缥缈的神话，我永远联想不起来，可只觉得她是一个死了的东西，然而她偏不肯安分，她偏要"借光"来欺骗漫漫长夜中的人们，使他们沉醉于空虚的满足，神秘的幻想。

月亮是温情主义的假光明！我这么想。

呵呵，我记起来了；曾经有过这么一回事，使得我第一次不信任这月亮。那时我不过六七岁，那时我对于月亮无爱亦无憎，有一次月夜，我同邻舍的老头子在街上玩。先是我们走，看月亮也跟着走；随后我们就各人说出他所见的月亮有多么大。"像饭碗口"，是我说的。然而邻家老头子却说"不对"，他看来是有洗脸盆那样子。

"不会差得那么多的！"我不相信，定住了眼睛看，愈看愈觉得至多不过是"饭碗口"。

"你比我矮，自然看去小了呢。"老头子笑嘻嘻说。

于是我立刻去搬一个凳子来，站上去，一比，跟老头子差不多高了，然而我头顶的月亮还只有"饭碗口"的大小。我要求老头子抱我起来，我骑在他的肩头，我比他高了，再看看月亮，还是原来那样的"饭碗口"。

"你骗人哪！"我作势要揪老头儿的小辫子。

"嗯嗯，那是——你爬高了不中用的。年纪大一岁，月亮也大一些，你活到我的年纪，包你看去有洗脸盆那样大。"老头子还是笑嘻嘻。

我觉得失败了，跑回家去问我的祖父。仰起头来望着月亮，我的祖父摸着胡子笑着说："哦哦，就跟我的脸盆差不多。"在我家里，祖父的洗脸盆是顶大的。于是我相信我自己是完全失败了。在许多事情上都被家里人用一句"你还小哩！"来剥夺了权利的我，于是就感到月亮也那么"欺小"，真正岂有此理。月亮在那时就跟我有了仇。

呵呵，我又记起来了，曾经看见过这么一件事，使得我知道月亮虽则未必"欺小"，却很能使人变得脆弱了似的，这件事，离开我同邻舍老头子比月亮大小的时候也总有十多年了。那时我跟月亮又回到了无恩无仇的光景。那时也正是中秋快近，忽然有从"狭的笼"①里逃出来的一对儿，到了我的寓处。大家都是卯角之交，我得尽东道之谊。而且我还得居间办理"善后"。我依着他们俩铁硬的口气，用我自己出名，写了信给双方的父母，——我的世交前辈，表示了这件事恐怕已经不能够照"老辈"的意思挽回。信发出的下一天就是所谓"中秋"，早起还落雨，偏偏晚上是好月亮，一片云也没有。我们正谈着"善后"事情，忽然发现了那个"她"不在我们一块儿。自然是最关心"她"的那个"他"先上楼去看去。等过好半晌，两个都不下来，我也只好上楼看一看到底为了什么。一看可把我弄糊涂了！男的躺在床上叹气，女的坐在窗前，仰起了脸，一边望着天空，一边抹眼泪。

"哎，怎么了？两口儿斗气？说给我来评评。"我不会想到另有别的问题。

"不是呀！——"男的回答，却又不说下去。

我于是走到女的面前，看定了她，——凭着我们小时也是捉迷藏的伙伴，我这样面对面朝她看是不算莽撞的。

"我想——昨天那封信太激烈了一点。"女的开口了，依旧望着那冷清清的月亮，眼角还噙着泪珠。"还是，我想，还是我回家去当面跟爸爸妈妈办交涉，——慢慢儿解决，将来他跟我爸爸妈妈也有见面之余地。"

我耳朵里轰的响了一声。我不知道什么东西使得这个昨天还是嘴巴铁硬的女人现在忽又变计。但是男的此时从床上说过一句来道：

"她已经写信告诉家里，说明天就回去呢！"

---

① "狭的笼"：原为俄国盲诗人爱罗先珂所作童话的篇名，这里借指封建家庭的樊笼。

这可把我骇了一跳。糟糕！我昨天全权代表似的写出两封信，今天却就取消了我的资格；那不是应着家乡人们一句话：什么都是我好管闲事闹出来的。那时我的脸色一定难看得很，女的也一定看到我心里，她很抱歉似的亲热地叫道："×哥，我会对他们说，昨天那封信是我的意思叫你那样写的！"

"那个，只好随它去；反正我的多事是早已出名的。"我苦笑着说，盯住了女的面孔。月亮光照在她脸上，这脸现在有几分"放心了"的神气；忽然她低了头，手捂住了脸，就像闷在瓮里似的声音说："我撇不下妈妈。今天是中秋，往常在家里妈给我……"

我不愿意再听下去。我全都明白了，是这月亮，水样的猫一样的月光勾起了这位女人的想家的心，把她变得脆弱些。

从那一次以后，我仿佛懂得一点关于月亮的"哲理"。我觉得我们向来有的一些关于月亮的文学好像几乎全是幽怨的，恬退隐逸的，或者缥缈游仙的。跟月亮特别有感情的，好像就是高山里的隐士，深闺里的怨妇，求仙的道士。他们借月亮发了牢骚，又从月亮得到了自欺的安慰，又从月亮想象出"广寒宫"的缥缈神秘。读几句书的人，平时不知不觉间熏染了这种月亮的"教育"，临到紧要关头，就会发生影响。

原始人也曾在月亮身上做"文章"，——就是关于月亮的神话。然而原始人的月亮文学只限于月亮本身的变动；月何以东升西没，何以有缺有圆有蚀，原始人都给了非科学的解释。至多亦不过想象月亮是太阳的老婆，或者是姊妹，或者是人间的"英雄"逃上天去罢了。而且他们从不把月亮看成幽怨闲适缥缈的对象。不，现代澳洲的土人反而从月亮的圆缺创造了奋斗的故事。这跟我们以前的文人在月亮有圆缺上头悟出恬淡知足的处世哲学相比起来，差得多么远呀！

把月亮的"哲理"发挥得淋漓尽致的，也许只有我们中国吧？不但骚人雅士美女见了月亮，便会感发出许多的幽思离愁，扭捏缠绵到不成话；便是喑呜叱咤的马上英雄也被写成了在月亮的魔光下只有悲凉，只有感伤。这一种"完备"的月亮"教育"会使"狭的笼"里逃出来的人也触景生情地想到再回去，并且我很怀疑那个邻舍老头子所谓"年纪大一岁，月亮也大一些"的说头未必竟是他的信口开河，而也许有什么深厚的月亮的"哲理"根据吧！

从那一次以后，我渐渐觉得月亮可怕。

我每每想：也许我们中国古来文人发挥的月亮"文化"，并不是全然主观的；月亮确是那么一个会迷人会麻醉人的家伙。

星夜使你恐怖，但也激发了你的勇气。只有月夜，说是没有光明么？明明有的。然而这冷凄凄的光既不能使五谷生长，甚至不能晒干衣裳；然而这光够使你看见五个指头却不够辨别稍远一点的地面的坎坷。你朝远处看，你只见白茫茫的一片，消弭了一切轮廓。你变作"短视"了。你的心上会遮起了一层神秘的迷迷糊糊的苟安的雾。

人在暴风雨中也许要战栗，但人的精神，不会松懈，只有紧张；人撑着破伞，或者破伞也没有，那就挺起胸膛，大踏步，咬紧了牙关，冲那风雨的阵，人在这里，磨炼他的奋斗力量。然而清淡的月光像一杯安神的药，一粒微甜的糖，你在她的魔术下，脚步会自然而然放松了，你嘴角上会闪出似笑非笑的影子，你说不定会向青草地下一躺，眯着眼睛望天空，乱麻麻地不知想到哪里去了。

自然界现象对于人的情绪有种种不同的感应，我以为月亮引起的感应多半是消极。而把这一点畸形发挥得"透彻"的，恐怕就是我们中国的月亮文学。当然也有并不借月亮发牢骚，并不从月亮得了自欺的安慰，并不从月亮想象出神秘缥缈的仙境，但这只限于未尝受过我们的月亮文学影响的"粗人"吧！

我们需要"粗人"眼中的月亮，我又每每这么想。

1934 年中秋后

（原载 1934 年 10 月 15 日《申报月刊》第 3 卷第 10 期）

黄　昏

海是深绿色的，说不上光滑；排了队的小浪开正步走，数不清有多少，喊着口令"一，二———一"似的，朝喇叭口的海塘来了。挤到沙滩边，啵漱！——队伍解散，喷着忿怒的白沫。然而后一排又赶着扑上来了。

三只五只的白鸥轻轻地掠过，翅膀扑着波浪，——一点一点躁怒起来的波浪。

风在掌号。冲锋号！小波浪跳跃着，每一个像个大眼睛，闪射着金光。满海全是金眼睛，全在跳跃。海塘下空隆空隆地腾起了喊杀。

而这些海的跳跃着的金眼睛重重叠叠一排接一排，一排怒似一排，一排比一排浓溢着血色的赤，连到天边，成为绀金色的一抹。这上头，半轮火红的夕阳！

半边天烧红了，重甸甸地压在夕阳的光头上。

愤怒地挣扎的夕阳似乎在说：

——哦，哦！我已经尽了今天的历史的使命，我已经走完了今天的路程了！现在，现在，是我的休息时间到了，是我的死期到了！哦，哦！却也是我的新生期快开始了！明天，从海的那一头，我将威武地升起来，给你们光明，给你们温暖，给你们快乐！

呼——呼——

风带着永远不会死的太阳的宣言到全世界。高的喜马拉雅山的最高峰，汪洋的太平洋，阴郁的古老的小村落，银的白光冻凝了的都市，——一切，一切，夕阳都喷上了一口血焰！

两点三点白鸥划破了渐变为赭色的天空。

风带着夕阳的宣言走了。

像忽然熔化了似的，海的无数跳跃着的金眼睛摊平为暗绿的大面孔。

远处有悲壮的笳声。

夜的黑幕沉重地将落未落。

不知到什么地方去过一次的风，忽然又回来了；这回是打着鼓似的：勃仑仑，勃仑仑！不，不单是风，有雷！风挟着雷声！

海又动荡，波浪跳起来，轰！轰！

在夜的海上，大风雨来了！

（原载 1934 年 11 月 20 日《太白》第 1 卷第 5 期）

天　窗

　　乡下的房子只有前面一排木板窗。暖和的晴天，木板窗扇扇开直，光线和空气都有了。

　　碰着大风大雨，或者北风虎虎地叫的冬天，木板窗只好关起来，屋子里就黑得地洞里似的。

　　于是乡下人在屋面开一个小方洞，装一块玻璃，叫作天窗。

　　夏天阵雨来了时，孩子们顶喜欢在雨里跑跳，仰着脸看闪电，然而大人们偏就不许，"到屋里来呀！"孩子们跟着木板窗的关闭也就被关在地洞似的屋里了；这时候，小小的天窗是唯一的慰藉。

　　从那小小的玻璃，你会看见雨脚在那里卜落卜落跳，你会看见带子似的闪电一瞥；你想象到这雨，这风，这雷，这电，怎样猛厉地扫荡了这世界，你想象它们的威力比你在露天真实感到的要大这么十倍百倍。小小的天窗会使你的想象锐利起来！

　　晚上，当你被逼着上床去"休息"的时候，也许你还忘不了月光下的草地河滩，你偷偷地从帐子里伸出头来，你仰起了脸，这时候，小小的天窗又是你唯一的慰藉！

　　你会从那小玻璃上面的一粒星，一朵云，想象到无数闪闪烁烁可爱的星，无数像山似的，马似的，巨人似的，奇幻的云彩；你会从那小玻璃上面掠过的一条黑影想象到这也许是灰色的蝙蝠，也许是会唱的夜莺，也许是恶霸似的猫头鹰，——总之，美丽的神奇的夜的世界的一切，立刻会在你的想象中展开。

啊唷唷！这小小一方的空白是神奇的！它会使你看见了若不是有了它你就想不起来的宇宙的秘密；它会使你想到了若不是有了它你就永远不会联想到的种种事件！

发明这"天窗"的大人们，是应得感谢的。因为活泼会想的孩子们会知道怎样从"无"中看出"有"，从"虚"中看出"实"，比任凭他看到的更真切，更阔达，更复杂，更确实！

（原载 1934 年 11 月 20 日《太白》第 1 卷第 5 期）

风景谈

　　前夜看了《塞上风云》的预告片，便又回忆起猩猩峡外的沙漠来了。那还不能被称为"戈壁"，那在普通地图上，还不过是无名的小点，但是人类的肉眼已经不能望到它的边际，如果在中午阳光正射的时候，那单纯而强烈的反光会使你的眼睛不舒服；没有隆起的沙丘，也不见有半间泥房，四顾只是茫茫一片，那样的平坦，连一个"坎儿井"也找不到；那样的纯然一色，即使偶尔有些驼马的枯骨，它那微小的白光，也早溶入了周围的苍茫，又是那样的寂静，似乎只有热空气在作哄哄的火响。然而，你不能说，这里就没有"风景"。当地平线上出现了第一个黑点，当更多的黑点成为线，成为队，而且当微风把铃铛的柔声，丁当，丁当，送到你的耳鼓，而最后，当那些昂然高步的骆驼，排成整齐的方阵，安详然而坚定地愈行愈近，当骆驼队中领队驼所掌的那一杆长方形猩红大旗耀入你眼帘，而且大小丁当的谐和的合奏充满了你耳管，——这时间，也许你不出声，但是你的心里会涌上了这样的感想的：多么庄严，多么妩媚呀！这里是大自然的最单调最平板的一面，然而加上了人的活动，就完全改观，难道这不是"风景"吗？自然是伟大的，然而人类更伟大。

　　于是我又回忆起另一个画面，这就在所谓"黄土高原"！那边的山多数是秃顶的，然而层层的梯田，将秃顶装扮成稀稀落落有些黄毛的癞头，特别是那些高秆植物颀长而整齐，等待检阅的队伍似的，在晚风中摇曳，别有一种惹人怜爱的姿态。可是更妙的是三五月明之夜，天是那样的蓝，几乎透明似的，月亮离山顶，似乎不过几尺，远看山顶的小米丛密挺立，宛如人头上的怒发，这时候忽然从山脊上长出两支牛角来，随即牛的全身也出现，掮着犁的人形也出现，并不多，只有三两个，也许还跟着个小孩，他们姗姗而下，在蓝的天，黑的山，银色的月光的背景上，成就了一幅剪影，如果给田园诗人见了，必将赞叹为绝妙的题材。可是没有完。这几位晚归的种地人，还把他们那粗朴的短歌，用愉快的旋律，从山顶上飘下来，直到他们没入了山坳，依旧只有蓝天明月黑魆魆的山，歌声可是缭绕不散。

另一个时间。另一个场面。夕阳在山，干坼的黄土正吐出它在一天内所吸收的热，河水汤汤急流，似乎能把浅浅河床中的鹅卵石都冲走了似的。这时候，沿河的山坳里有一队人，从"生产"归来，兴奋的谈话中，至少有七八种不同的方音。忽然间，他们又用同一的音调，唱起雄壮的歌曲来了，他们的爽朗的笑声，落到水上，使得河水也似在笑。看他们的手，这是惯拿调色板的，那是昨天还拉着提琴的弓子伴奏着《生产曲》的，这是经常不离木刻刀的，那又是洋洋洒洒下笔如有神的，但现在，一律都被锄锹的木柄磨起了老茧了。他们在山坡下，被另一群所迎住。这里正燃起熊熊的野火，多少曾调朱弄粉的手儿，已经将金黄的小米饭，翠绿的油菜，准备齐全。这时候，太阳已经下山，却将它的余晖幻成了满天的彩霞，河水喧哗得更响了，跌在石上的便喷出了雪白的泡沫，人们把沾着黄土的脚伸在水里，任它冲刷，或者掬起水来，洗一把脸。在背山面水这样一个所在，静穆的自然和弥漫着生命力的人，就织成了美妙的图画。

在这里，蓝天明月，秃顶的山，单调的黄土，浅濑的水，似乎都是最恰当不过的背景，无可更换。自然是伟大的，人类是伟大的，然而充满了崇高精神的人类的活动，乃是伟大中之尤其伟大者！

我们都曾见过西装革履烫发旗袍高跟鞋的一对儿，在公园的角落，绿荫下长椅上，悄悄儿说话，但是试想一想，如果在一个下雨天，你经过一边是黄褐色的浊水，一边是怪石峭壁的崖岸，马蹄很小心地探入泥浆里，有时还不免打了一下跌撞，四面是静寂灰黄，没有一般所谓的生动鲜艳，然而，你忽然抬头看见高高的山壁上有几个天然的石洞，三层楼的亭子间似的，一对人儿促膝而坐，只凭剪发式样的不同，你方能辨认出一个是女的，他们被雨赶到了那里，大概聊天也聊够了，现在是摊开着一本札记簿，头凑在一处，一同在看，——试想一想，这样一个场面到了你眼前时，总该和在什么公园里看见了长椅上有一对儿在偎倚低语，颇有点味儿不同吧？如果在公园时你一眼瞥见，首先第一会是"这里有一对恋人"，那么，此时此际，倒是先感到那样一个沉闷的雨天，寂寞的荒山，原始的石洞，安上这么两个人，是一个"奇迹"，使大自然顿时生色！他们之是否恋人，落在问题之外。你所见的，是两个生命力旺盛的人，是两个清楚明白生活意义的人，在任何情形之下，他们不倦怠，也不会百无聊赖，更不至于从胡闹中求刺戟，他们能够在任何情况之下，拿出他们那一套来，怡然自得。但是什么能使他们这样呢？

不过仍旧回到"风景"吧；在这里，人依然是"风景"的构成者，没有了人，还有什么可以称道的？再者，如果不是内生活极其充满的人作为这里的主宰，那又有什么值得怀念？

再有一个例子：如果你同意，二三十棵桃树可以称为林，那么这里要说的，正是这样一个桃林。花时已过，现在绿叶满株，却没有一个桃子。半爿旧石磨，是最漂亮的圆桌面，几尺断碑，或是一截旧阶石，那又是难得的几案。现成的大小石块作为凳子，——而这样的石凳也还是以奢侈品的姿态出现。这些怪样的家具之所以成为必要，是因为这里有一个茶社。桃林前面，有老百姓种的荞麦，也有大麻和玉米这一类高秆植物。荞麦正当开花，远望去就像一张粉红色的地毯，大麻和玉米就像是屏风，靠着地毯的边缘。太阳光从树叶的空隙落下来，在泥地上，石家具上，一抹一抹的金黄色。偶尔也听得有草虫在叫，带住在林边树上的马儿伸长了脖子就树干搔痒，也许是乐了，便长嘶起来。"这就不坏！"你也许要这样说。可不是，这里是有一般所谓"风景"的一些条件的！然而，未必尽然。在高原的强烈阳光下，人们喜欢把这一片树荫作为户外的休息地点，因而添上了什么茶社，这是这个"风景区"成立的因缘，但如果把那二三十棵桃树，半爿磨石，几尺断碣，还有荞麦和大麻玉米，这些其实到处可遇的东西，看成了此所谓风景区的主要条件，那或者是会贻笑大方的。中国之大，比这美得多的所谓风景区，数也数不完，这个值得什么？所以应当从另一方面去看。现在请你坐下，来一杯清茶，两毛钱的枣子，也作一次桃园的茶客吧。如果你愿意先看女的，好，那边就有三四个，大概其中有一位刚接到家里寄给她的一点钱，今天来请请同伴。那边又有几位，也围着一个石桌子，但只把随身带来的书籍代替了枣子和茶了。更有两位虎头虎脑的青年，他们走过"天下最难走的路"，现在却静静地坐着，温雅得和闺女一般。男女混合的一群，有坐的，也有蹲的，争论着一个哲学上的问题，时时哗然大笑，就在他们近边，长石条上躺着一位，一本书掩住了脸。这就够了，不用再多看。总之，这里有特别的氛围，但并不古怪。人们来这里，只为恢复工作后的疲劳，随便喝点，要是袋里有钱；或不喝，随便谈谈天；在有闲的只想找一点什么来消磨时间的人们看来，这里坐的不舒服，吃的喝的也太粗糙简单，也没有什么可以供赏玩，至多来一次，第二次保管厌倦。但是不知道消磨时间为何物的人们却把这一片简陋的绿荫看得很可爱，因此，这桃林就很出名了。

因此，这里的"风景"也就值得留恋，人类的高贵精神的辐射，填补了自然界的贫乏，增添了景色，形式的和内容的。人创造了第二自然！

最后一段回忆是五月的北国。清晨，窗纸微微透白，万籁俱静，嘹亮的喇叭声，破空而来。我忽然想起了白天在一本贴照簿上所见的第一张，银白色的背景前一个淡黑的侧影，一个号兵举起了喇叭在吹，严肃，坚决，勇敢和高度的警觉，都表现在小号兵的挺直的胸膛和高高的眉棱上边。我赞美这摄影家的艺术，我回味着，我从当前的喇叭声中也听出了严肃，坚决，勇敢和高度的警觉来，于是我披衣出去，打算看一看。空气非常清冽，朝霞笼住了左面的山，我看见山峰上的小号兵了。霞光射住他，只觉得他的额角异常发亮，然而，使我惊叹叫出声来的，是离他不远有一位荷枪的战士，面向着东方，严肃地站在那里，犹如雕像一般。晨风吹着喇叭的红绸子，只这是动的，战士枪尖的刺刀闪着寒光，在粉红的霞色中，只这是刚性的。我看得呆了，我仿佛看见了民族的精神化身而为他们两个。

如果你也当它是"风景"，那便是真的风景，是伟大中之最伟大者！

1940 年 12 月于枣子岚垭

（原载 1941 年 1 月 10 日《文艺阵地》第 6 卷第 1 期）

白杨礼赞

白杨树实在不是平凡的，我赞美白杨树！

当汽车在望不到边际的高原上奔驰，扑入你的视野的，是黄绿错综的一条大毯子；黄的，那是土，未开垦的处女土，几百万年前由伟大的自然力所堆积成功的黄土高原的外壳；绿的呢，是人类劳力战胜自然的成果，是麦田，和风吹送，翻起了一轮一轮的绿波——这时你会真心佩服昔人所造的两个字"麦浪"，若不是妙手偶得，便确是经过锤炼的语言的精华。黄与绿主宰着，无边无垠，坦荡如砥，这时如果不是宛若并肩的远山的连峰提醒了你（这些山峰凭你的肉眼来判断，就知道是在你脚底下的），你会忘记了汽车是在高原上行驶，这时你涌起来的感想也许是"雄壮"，也许是"伟大"，诸如此类的形容词，然而同时你的眼睛也许觉得有点倦怠，你对当前的"雄壮"或"伟大"闭了眼，而另一种味儿在你心头潜滋暗长了——"单调"！可不是，单调，有一点儿吧？

然而刹那间，要是你猛抬眼看见了前面远远地有一排，——不，或者甚至只是三五株，一二株，傲然地耸立，像哨兵似的树木的话，那你的恹恹欲睡的情绪又将如何？我那时是惊奇地叫了一声的！

那就是白杨树，西北极普通的一种树，然而实在不是平凡的一种树!

那是力争上游的一种树,笔直的干,笔直的枝。它的干呢,通常是丈把高,像是加以人工似的,一丈以内,绝无旁枝;它所有的桠枝呢,一律向上,而且紧紧靠拢,也像是加以人工似的,成为一束,绝无横斜逸出;它的宽大的叶子也是片片向上,几乎没有斜生的,更不用说倒垂了;它的皮,光滑而有银色的晕圈,微微泛出淡青色。这是虽在北方的风雪的压迫下却保持着倔强挺立的一种树!哪怕只有碗来粗细吧,它却努力向上发展,高到丈许,二丈,参天耸立,不折不挠,对抗着西北风。

这就是白杨树,西北极普通的一种树,然而绝不是平凡的树!

它没有婆娑的姿态,没有屈曲盘旋的虬枝,也许你要说它不美丽,——如果美是专指"婆娑"或"横斜逸出"之类而言,那么白杨树算不得树中的好女子!但是它却是伟岸,正直,朴质,严肃,也不缺乏温和,更不用提它的坚强不屈与挺拔,它是树中的伟丈夫!当你在积雪初融的高原上走过,看见平坦的大地上傲然挺立这么一株或一排白杨树,难道你觉得树只是树,难道你就不想到它的朴质,严肃,坚强不屈,至少也象征了北方的农民;难道你竟一点也不联想到,在敌后的广大土地上,到处有坚强不屈,就像这白杨树一样傲然挺立的守卫他们家乡的哨兵!难道你又不更远一点想到这样枝枝叶叶靠紧团结,力求上进的白杨树,宛然象征了今天在华北平原纵横决荡用血写出新中国历史的那种精神和意志。

白杨不是平凡的树。它在西北极普遍,不被人重视,就跟北方农民相似;它有极强的生命力,磨折不了,压迫不倒,也跟北方的农民相似。我赞美白杨树,就因为它不但象征了北方的农民,尤其象征了今天我们民族解放斗争中所不可缺的朴质,坚强，以及力求上进的精神。

让那些看不起民众，贱视民众，顽固的倒退的人们去赞美那贵族化的楠木（那也是直干秀颀的），去鄙视这极常见，极易生长的白杨吧，但是我要高声赞美白杨树！

（原载 1941 年 6 月 10 日《文艺阵地》第 6 卷第 3 期）

大地山河

　　住在西北高原的人们，不能想象江南太湖区域所谓"水乡"的居民的生涯；所谓"暮春三月，江南草长，杂花生树，群莺乱飞"，也还不是江南"水乡"的风光。缺少那交错密布的水道的西北高原的居民，听说人家的后门外就是河，站在后门口（那就是水阁的门），可以用吊桶打水，午夜梦回，可以听得橹声欸乃，飘然而过，总有点难以构成形象的吧？

　　没有到过西北——或者就是豫北陕南吧，——如果只看地图，大概总以为那些在普通地图上有名有目的河流，至少比江南"水乡"那些不见于普通地图上的"港"呀，"汊"呀，要大得多吧？至少总以为这些河终年汤汤，可以行舟的吧？有一个朋友曾到开封，那时正值冬季，他站在堤上，却还不知道他脚下所站的，就是有名的黄河堤岸；他向下视，只见有几股细水，在淤黄泥沙中流着，他还问："黄河在哪里？"却不知这几股细水，就是黄河！原来黄河在水浅季节，就是几股细水！

　　大凡在地图上有名有目的西北的河，到了冬季水浅，就是和江南的沟渠一样的东西，摆几块石头在浅处，是可以徒涉的。

　　乌鲁木齐河，那也是鼎鼎大名的；然而当我看见马车涉河而过的时候，我惊讶于这就是乌鲁木齐河！学生们卷起裤管，就徒涉了延水的事，如果不是亲见，也觉得可惊，因为延水在地图上

31

也是有名有目的呀!

但是当夏季涨水的当儿,这些河却也实在威风。延水一次上流涨水,把"女大"①用以系住浮桥的一块几万斤重的大石头冲走了十多丈路。

光是从天空飞过,你不能具体地了解所谓"西北高原"的意义。光是从地上走过,你了解得也许具体些,然而还不够"概括"(恕我借用这两个字)。

你从客机的高度仪的指针上看出你是在海拔三千多公尺以上了,然而你从玻璃窗向下看,嘿,城郭市廛,历历在目,多清楚!那时你会恍然于下边是高原了。但在你还得在地上走过,然后你这认识才能够补足。

你会不相信你不是在平地上。可不是一望平畴,麦浪起伏?可是你再极目远望,那边天际一道连山,不也是和你脚下的"平地"是并列的么?有时你还觉得它比你脚下的低呢!要是凑巧,你的车子到了这么一个"土腰",下面是万丈断崖,而这万丈断崖也还是中间阶段而已,那时你大概才切实地明白了高原之所以为高原了吧?

这也不是凭空可以想象的。

谢家的哥哥以"撒盐"比拟下雪,他的妹妹说,"未若柳絮因风舞"。自来都认为后者佳胜。自然,"柳絮因风舞",多么清灵俊逸;但这是江南的雪景。如果说北方,那么谢家哥哥的比拟实在也没有错。当然也有下大朵的时候,那也是"柳絮"了,不过,"撒盐"时居多。

---

① "女大":即延安中国女子大学。

积在地上，你穿了长毡靴走过，那煞煞的响声，那颇有燥感的粉末，就会完全构成了"盐"的印象。要是在大野，一望皆白，平常多坎陷与浮土的道路，此时成为砥平则坚实，单马曳的雪橇轻溜溜地滑过，那时你真觉得心境清凉，——而实在，空气也清洁得好像滤过。

我曾在戈壁中远远看见一片白，颇惊讶于五月有雪，后来才知道这是盐池！

1941 年 8 月 19 日

（原载 1941 年 9 月 1 日《笔谈》第 1 期）

冬　天

　　诗人们对于四季的感想大概颇不同吧。一般地说来，则为"游春""消夏""悲秋"，——冬呢，我可想不出适当的字眼来了，总之，诗人们对于"冬"好像不大怀好感，于"秋"则已"悲"了，更何况"秋"后的"冬"！

　　所以诗人在冬夜，只合围炉话旧，这就有点近于"蛰伏"了。幸而冬天有雪，给诗人们添了诗料。甚而至于踏雪寻梅，此时的诗人俨然又是活动家。不过梅花开放的时候，其实"冬"已过完，早又是"春"了。

　　我不是诗人，对于一年四季无所偏憎。但寒暑数十易而后，我也渐渐辨出了四季的味道。我就觉得冬天的味儿好像特别耐咀嚼。

　　因为冬天曾经在三个不同的时期给我三种不同的印象。

　　十一二岁的时候，我觉得冬天是又好又不好。大人们定要我穿了许多衣服，弄得我动作迟笨，这是我不满意冬天的地方。然而野外的茅草都已枯黄，正好"放野火"，我又得感谢"冬"了。

　　在都市里生长的孩子是可怜的，他们只看见灰色的马路，从没见过整片的一望无际的大草地。他们即使到公园里看见了比较广大的草地，然而那是细曲得像狗毛一样的草皮，枯黄了时更加难看，不用说，他们万万想不到这是可以放起火来烧的。在乡下，可不同了。照例到了冬天，野外全是灰黄色的枯草，又高又密，脚踏下去簌簌地响，有时没到你的腿弯上。是这样的草，——大草地，就可以放火烧。我们都脱了长衣，划一根火柴，那满地的枯草就毕剥毕剥烧起来了。狂风着地卷去，那些草就像发狂似的腾腾地叫着，夹着白烟一片红火焰就像一个大舌头似的会一下子把大片的枯草舔光。有时我们站在上风头，那就跟着火头跑；有时故意站在下风，看着烈焰像潮水样涌过来，涌过来，于是我们大声笑着嚷着在火焰中间跳，一转眼，那火焰的波浪已经上前去了，于是我们就又追上去送它。这些草地中，往往有浮厝的棺木或者骨殖甏，火势逼近了那棺木时，我们的最紧张的时刻就来了。我们就来一个"包抄"，扑到火线里一阵滚，收熄了我们放的火。这时候我们便感到了克服敌人那样的快乐。

二十以后成了"都市人"，这"放野火"的趣味不能再有了，然而穿衣服的多少也不再受人干涉了，这时我对于冬，理应无憎亦无爱了吧，可是冬天却开始给我一点好印象。二十几岁的我是只要睡眠四个钟头就够了的，我照例五点钟一定醒了；这时候被窝是暖烘烘的，人是神清气爽的，而又大家都在黑甜乡，静得很，没有声音来打扰我，这时候，躲在那里让思想像野马一般飞跑，爱到哪里就到哪里，想够了时，顶天亮起身，我仿佛已经背着人，不声不响自由自在做完了一件事，也感得一种愉快。那时候，我把"冬"和春夏秋比较起来，觉得"冬"是不干涉人的，她不像春天那样逼人困倦，也不像夏天那样使得我上床的时候弄堂里还有人高唱《孟姜女》，而在我起身以前却又是满弄堂的洗马桶的声音，直没有片刻的安静。而也不同于秋天。秋天是苍蝇蚊虫的世界，而也是疟病光顾我的季节呵！

然而对于"冬"有恶感，则始于最近。拥着热被窝让思想跑野马那样的事，已经不高兴再做了，而又没有草地给我去"放野火"。何况近年来的冬天似乎一年比一年冷，我不得不自愿多穿点衣服，并且把窗门关紧。

不过我也理智地较为认识了"冬"。我知道"冬"毕竟是"冬"，摧残了许多嫩芽，在地面上造成恐怖；我又知道"冬"只不过是"冬"，北风和霜雪虽然凶猛，终不能永远地不过去。相反的，冬天的寒冷愈甚，就是"冬"的运命快要告终，"春"已在叩门。

"春"要来到的时候，一定先有"冬"。冷吧，更加冷吧，你这吓人的冬！

（原载 1934 年 1 月 15 日《申报月刊》第 3 卷第 1 期）

谈　鼠

　　闲谈的时候偶尔也谈到了老鼠。特别是看见了谁的衣服和皮鞋有啮伤的痕迹，话题便会自然而然地转到了这小小的专过"夜生活"的动物。

　　这小小的动物群中，大概颇有些超等的"手艺匠"：它会把西装大衣上的胶质钮子修去了一层边，四周是那么匀称，人们用工具来做，也不过如此；太太们的梆硬的衣领也常常是它们显本领的场所，它们会巧妙地揭去了这些富于浆糊的衣领的里边的一层而不伤及那面子。但是最使我惊佩的，是它们在一位朋友的黑皮鞋上留下的"杰作"：这位朋友刚从东南沿海区域来，他那双八成新的乌亮的皮鞋，一切都很正常，只有鞋口周围一线是白的，乍一看，还以为这又是一种新型，鞋口镶了白皮的滚条，——然而不是！

　　对于诸如此类的小巧的"手艺"，我们也许还能"幽默"一下，——虽然有时也实在使你"啼笑皆非"。

　　可惜它们喜欢这样"费厄泼赖"的时候，并不太多，最通常的，倒是集恶劣之大成的做法。例子是不怕没有的，比方：因为"短被盖"只顾到头，朋友 A 的脚指头便被看中了，这位朋友的睡劲也真好，迷迷糊糊的，想来至多不过翻个身罢了，第二天套上鞋子的时候这才觉得不是那么一回事，急忙检查，原来早已血污斑驳。朋友 B 的不满周岁的婴儿大哭不止，渴睡的年青的母亲抚拍无效，点起火一看，这可骇坏了，婴儿满面是血了，揩干血，这才看清被啮破了鼻囱了。为了剥削脚指头上和鼻孔边那一点咸咸的东西，竟至于使被剥削者流血，这是何等的霸道。然而使人听了发指的，还有下面的一件事。在 K 城，有一位少妇难产而死，遗体在太平间内停放了一夜，第二天发现缺少了两颗眼珠！

"鼠窃"这一句成语，算是把它们的善于鬼鬼祟祟，偷偷摸摸，永远不能光明正大的特性，描摹出来了。然而对于弱者，它们也是会有泼胆的。它们敢从母鸡的温暖的翅膀下强攫了她的雏儿。这一只可怜的母鸡，抱三个卵，花了二十天工夫，她连吃也无心，肚子下的羽毛也褪光了，憔悴得要命，却只得了一只雏鸡，这小小的东西一身绒毛好像还没大干，就啾啾地叫着，在母亲的大翅膀下钻进钻出，洒几粒米在它面前，它还不知道吃，而疲惫极了的母亲咕咕地似乎在教导它。可是当天晚上，母鸡和小鸡忽然都叫得那样惨，人们急忙赶来照看时，小鸡早已不见影踪，母鸡却蹲在窠外地上，——从此她死也不肯再进那窠了。

其实鸡们平时就不愿意伏在窝里睡觉，孵卵期是例外。平时它们睡觉总喜欢蹲在什么竹筐子的边上，这大概是为了防备老鼠。因此也可想到为了孵卵，母鸡们的不避危险的精神有多么伟大！江南养鸡都用有门的竹笼，这对于那些惯会放臭屁来自救的黄鼠狼，尚不失为有效的防御工事，黄鼠狼的躯干大，钻不进那竹笼的小方格。但是一位江南少妇在桂林用了同样的竹笼，却反便宜了老鼠；鸡被因于笼走不开，一条腿都几乎被老鼠咬断了。

但尽管是多么强横，对于"示众"也还知道惧怕。捉住了老鼠就地钉死，暴尸一二日，据说是颇有"警告"的效力的。不过这效力也有时间性，我的寓所里有一间长不过四尺宽二尺许的小房，因其太小，就用以储放什物，其中也有可吃的，都盖藏严密，老鼠其实也没法吃到，然而老鼠不肯断念，每夜都要光顾这间小房。墙是竹笆涂泥巴的墙，它们要穿一个孔，实在容易得很。最初我们还是见洞即堵，用瓦片，用泥巴，用木板，后来堵住了这里，那边又新穿了更大的洞，弄得到处千疮百孔，这才从防御而转为进攻。我们安设了老鼠夹子。第一夜，到了照例的时光，夹墙中果然照例蠢动，听声音就知道是一头相当大的家伙，从夹墙中远远地奔来，毫不踌躇，熟门熟路，直奔向它那目的地了，接着：拍叉一声，这目无一切的家伙果然种瓜得瓜。这以后，约有个把月，绝对安静，但亦只有个把月而已，不能再多。鼠夹子虽已洗过熏过，可再也无用。当然不能相信老鼠当真通灵，然而也不能不佩服它那厉害的嗅觉。我们特别要试验这些贪婪的小动物抵抗诱惑的决心有多大多久。我们找了最香最投鼠之所好的东西装在鼠夹子上，同时厉行了彻底的"清野"，使除此引诱物外，简直无可得食。一天，两天，没有效；可是第三天已经天亮的时候，我们被拍叉的声音惊醒，一头少壮的鼠子又捉住了，想来这是个耐不住馋的莽撞的家伙。

然而这第二回所得的安静时间，只有一个星期。

不但嗅觉厉害，老鼠大概又是多疑的，而且警觉心也提得相当高。鼠药因此也不能绝对有效，除非别无可食之物，鼠们未必就来上当；特别是把鼠药放在特制的食物中，什九是徒劳。扫荡老鼠似乎是个社会问题，一家两家枝枝节节为之，绝不是办法。记得前些时候，报上载过一条新闻，伦敦的警察和市民合作，举行了大规模的扫荡，全市于同一日发动，计用去鼠药数万磅，粮食数吨，厨房，阴沟，一切阴暗角落，全放了药，结果得死鼠数百万头。数百万这数目，不知占全伦敦老鼠总数的几分之几，数百万的数目虽然不小，但说伦敦的老鼠全部毒死，恐怕也不近事理。自然，鼠的猖獗是会因此一举而大大减少的，不过这也恐怕只是一时而已。

似乎凡有人类居住的地方就不会没有偷偷摸摸的又狡猾贪婪的丑类。所差者，程度而已。报上又登过一条消息：重庆市卫生当局特地设计了防鼠模范建筑。我们可以相信这种模范建筑会比竹笆涂泥巴的房屋要好上几百倍；然而我们却不敢相信这样一道防线就能挡住了老鼠侵略的凶焰，当四周都是老鼠繁殖的好场所的时候，一幢好的房子也只能相当地减少鼠患而已。老鼠是一个社会问题，没有市民全体的总动员，一家两家和鼠斗争，结果是不容乐观的。但这不是说，斗争乃属多事，斗争总能杀杀它们的威；不过一劳永逸之举，还是没有。

人们的拿手好戏是妥协。和老鼠妥协，恐怕也是由来已久的。人，到底比老鼠会打算盘，权衡轻重之后，人是宁愿供养老鼠，而不愿因小失大，损坏了他们认为值钱的东西。鼠们大概会洋洋得意，自认胜利，而不知已经中了人们的计。有一家书店把这妥协方策执行得非常彻底，他们研究出老鼠们喜欢换胃口，有时要吃面，有时又要吃米，可是老鼠当然不会事前通知，结果，人们只好每晚在书栈房里放一碗饭和一碗浆糊，任凭选择。据说这办法固然可以相当减少了书籍的损坏，如果这样被供养的鼠类会减低它们的繁殖力，那问题倒还简单，否则，这妥协的办法总有一天会使人们觉得负担太重了一点。

在鼠患严重的地方，猫是照例不称职的。换过来说，也许本来是猫不像猫，这才老鼠肆无忌惮，而且又因为鼠患太可怕了，猫被当作宝贝，猫既养尊处优，借鼠以自重，当然不肯出力捕鼠了；不要看轻它们是畜生，这一点骗人混饭的诀窍似乎也很内行的呢！

1944 年 3 月 17 日

（原载 1944 年 6 月 1 日《文风杂志》第 1 卷第 4、5 期合刊）

速写一

沿浴池的水面，伸出五个人头。

因为浴池是圆的，所以差不多是等距离地排列着的五个人头便构成了半规形的"步哨线"，正对着浴池的白石池壁一旁的冷水龙头。这是个擦得耀眼的紫铜质的大家伙，虽然关着嘴，可是那转柄的节缝中却虫虫地飞进出两道银线一样的细水，斜射上去约有半尺高，然后乱纷纷地落下来，像是些极细的珠子。

五岁光景的一对女孩子就坐在这个冷水龙头旁边的白石池壁上，正对着我们五个人头。水蒸气把她们俩的脸儿熏得红喷喷的，头上的水打湿了的短发是墨黑黑的，肥胖的小身体又是白生生的。她们俩像是孪生的姊妹。坐在左边的一个肥白的小手里拿着个橙黄色透明体的肥皂盒子；她就用这小小的东西舀水来浇自己的胸脯。右边的一个呢，捧了一条和她的身体差不多长短的手巾，在她的两股中间揉摩。

虽是这么幼小的两个，却已有大人的风度，然而多么妩媚。

这样想着，我侧过脸去看我左边的一个人头。这是满腮长着黑森森的胡子根的中年汉子的强壮的头。他挺起了眼睛往上瞧，似乎颇有心事。

我再向右边看。最近的一个正把滴水的手巾盖在脸上，很艰辛地喘气。再过去是三角脸的青年，将后颈枕在浴池的石壁上，

41

似乎已经入睡。更过去是一张肥胖的圆脸，毫无表情地浮在水面，很像个足球。

忽然那边的矿泉水池里豁剌剌一片水响，冒出个黄脸大汉来，胸前有一丛黑毛。他晃着头，似乎想出来却又蹲了下去。

大概是惊异着那边还有人，两个小女孩子都转过头去了。拿肥皂盒的一个小脸儿正受着冷水龙头逃出来的水珠。她似乎觉得有些痒吧，她慢慢地举起手来搔了几下，便又很正经地舀起水来浇胸脯。

1929 年 2 月 6 日

（原载 1929 年 4 月 10 日《小说月报》第 20 卷第 4 号）

速写二

水声很单调地响着，琅琅地似乎有回音。浓雾一般的水蒸气挂在白垩的穹隆形屋顶下，又是入睡似的静定。

不知从什么时候起，浴场中只剩下我一个人。

坐在池子边的木板上，我慢慢地用浸透了肥皂沫的手巾摩擦身体。离开我的眼睛约莫有两尺远近，便是那靠着墙壁的长方形的温水槽，现在也明晃晃的像一面大镜子。

可是我不能看见我自己的影。我的三十度角投射的眼光却看见了那水槽的通到隔壁浴场的同样大小的镜平的水面。

这样在隔断了的两个浴场中间却依然有这地下泉似的贯通彼此的温水槽呢！而现在，却又是映见两方的镜子。我想起故乡民间传说里的跨立在阴阳界上的那面神秘的镜子来了。岂不是一半映出阴间的事而又一半映出阳间的事，正仿佛等于这个温水槽的临时的明镜？

我赞美这个民间传说的奇瑰的想象，我悠悠然推索这个民间传说的现实的张本。我下意识地更将头放低些，却翻起眼珠注视这沟通两世界的新的阴阳镜。

蓦地一个人形印在我的眼里了。只是个后身。然而腰部的曲线却多么分明地映写在这个水的明镜！如果我是有一个失去了的此世间的恋人的呀，我怕要一定无疑地以为阳间的我此时正站在

43

阴阳镜前面看见了在冥国的她的情影！

一种热烈的异样的情绪抓住了我。那是痴妄的，然而同时也是圣洁的，虔诚的。

然后，正和传说中神秘的镜子同样地一闪，美丽的腰肢蓦地消失了；泼啦一声，挽着个小木盆的美丽的白手臂在镜平的水面一沉，又缩了上去。温水槽里起了晕状的波动。传说的梦幻的世界破灭了，依然是现实的浴场，依然是浓雾一般的蒸气弥漫在四壁间入睡似的静定。

1929 年 2 月 17 日

（原载 1929 年 4 月 10 日《小说月报》第 20 卷第 4 号）

交易所速写

门前的马路并不宽阔。两部汽车勉强能够并排过去。门面也不见得怎么雄伟。说是不见得怎么雄伟，为的想起了爱多亚路那纱布交易所大门前二十多步高的石级。自然，在这"香粉弄"一带，它已经是唯一体面的大建筑了。我这里说的是华商证券交易所的新屋。

直望进去，一条颇长的甬道，两列四根的大石柱阻住了视线。再进一步就是"市场"了。跟大戏院的池子仿佛。后方上面就是会叫许多人笑也叫许多人哭的"拍板台"。

正在午前十一时，紧急关头，拍到了"二十关"。池子里活像是一个蜂房。请你不要想象这所谓池子的也有一排一排的椅子，跟大戏院的池子似的。这里是一个小凳子也不会有的，人全站着，外圈是来看市面准备买或卖的——你不妨说他们大半是小本钱的"散户"，自然也有不少"抢帽子"的。他们不是那吵闹得耳朵痛的数目字潮声的主使。他们有些是仰起了头，朝台上看——请你不要误会，那卷起袖子直到肩胛边的拍板人并没有什么好看，而且也不会看出什么道理来的；他们是看着台后像"背景"似的显出"××××库券""×月期"……之类的"戏目"（姑且拿"戏目"作个比方吧），特别是这"戏目"上面那时时变动的电光记数牌。这高高在上小小的嵌在台后墙上的横长方形，时时刻刻跳动着红字的阿拉伯数目字，一并排四个，两个是单位"元"以下，像我们在普通账单上常常看见的式子，这两个小数下边有一条横线，红色，字体可也不小，因而在池子里各处都可以看得明明白白。这小小的红色电光的数目字是人们创造，是人们使它刻刻在变，但是它掌握着人们的"命运"。

不——应当说是少数人创造那红色电光的纪录，使它刻刻在变，使它成为较多数人的不可测的"命运"。谁是那较多数呢？提心吊胆望着它的人们，池子外圈的人们自然是的——而他们同时也是这魔法的红色电光纪录的助成者，虽然是盲目的助成者；可是在他们以外还有更多的没有来亲眼看着自己的"命运"升沉的人们，他们住在上海各处，在中国各处，然而这里台上的红色电光的一跳，会决定了他们的破产或者发财。

被外圈的人们包在中央的，这才是那吵得耳朵痛的数目字潮声的发动器。很大的圆形水泥矮栏，像一张极大的圆桌面似的，将他们围成一个人圈。他们是许多经纪人手下做交易的，他们的手和嘴牵动着台上墙头那红色电光数目字的变化。然而他们跟那红色电光一样，本身不过是一种器械，使用他们的人——经纪人，或者正交叉着两臂站在近旁，或者正在和人咬耳朵。忽然有个伙计匆匆跑来，于是那经纪人就赶紧跑到池子外他的小房间去听电话了，他挂上了听筒再跑到池子里，说不定那红色电光就会有一次新的跳动，所有池子里外圈的人们会有一次新的紧张——撑不住要笑的，咬紧牙关眼泪往肚子里吞的，谁知道呢，便是那位经纪人在接电话以前也是不知道的。他也是程度上稍稍不同的一种器械罢了。

池子外边的两旁——上面是像戏院里"包厢"似的月楼，摆着一些长椅子，这些椅子似乎从来不会被同一屁股坐上一刻钟或二十分的，然而亦似乎不会从来没有人光顾，做了半天冷板凳的。这边，有两位咬着耳朵密谈；那边，又是两位在压低了嗓子争论什么。靠柱子边的一张椅子里有一位弓着背抱了头，似乎转着念头：跳黄浦呢，吞生鸦片烟？那边又有一位——坐在望得见那魔法的红色电光记录牌的所在，手拿着小本子和铅笔，用心地记录着，像画"宝路"似的，他相信公债的涨落也有一定的"路"的。

也有女的。挂在男子臂上，太年青而时髦的女客，似乎只是一同进来看看。那边有一位中年的，上等的衣料却不是顶时式的裁制，和一位中年男子并排站着，仰起了脸。电光的红字跳一，她就推推那男子的臂膊；红字再跳一，她慌慌张张把男子拉在一边叽叽喳喳低声说了好一大片。

一位胡子刮得光光的，只穿了绸短衫裤，在人堆里晃来晃去踱方步，一边踱，一边频频用手掌拍着额角。

这当儿，池子里的做交易的叫喊始终是旋风似的，海潮似的。

你如果到上面月楼的铁栏杆边往下面一看，你会忽然想到了旧小说里的神仙："只听得下面杀声直冲，拨开云头一看"——你会清清楚楚看到中央的人圈怎样把手掌伸出缩回，而外圈的人们怎样钻来钻去，像大风雨前的蚂蚁。你还会看见时时有一团小东西，那是纸团，跟纽子一般模样的，从各方面飞到那中央的人圈。你会想到神仙们的祭起法宝来吧？

有这么一个纸团从月楼飞下去了。你于是留心到这宛然在云端的月楼那半圆形吧。这半圆圈上这里那里坐着几个人，在记录着什么，肃静地一点声音都没有。他们背后墙上挂着些经纪人代表的字号牌子。谁能预先知道他们掷下去的纸团是使空头们哭的呢还是笑的？

无稽的谣言吹进了交易所里会激起债券涨落的大风波。人们是在谣言中幻想，在谣言中兴奋，或者吓出了灵魂。没有比他们更敏感的了。然而这对于谣言的敏感要是没有了，公债市场也就不成其为市场了。人心就是这么一种怪东西。

沙滩上的脚迹

他，独自一个，在这黄昏的沙滩上彳亍。

什么都看不分明了，仅可辨认，那白茫茫的知道是沙滩，那黑魆魆的是酝酿着暴风雨的海。

远处有一点光明，知道是灯塔。

他，用心火来照亮了路，可也不能远，只这么三二尺地面，他小心地走着，走着。

猛可的，天空瞥过了锯齿形的闪电。他看见不远的前面有黑簇簇的一团，呵呵，这是"夜的国"么，还是妖魔的堡寨？

他又看见离身丈把路的沙上，是满满的纵横重叠的脚迹。

哈哈，有了！赶快！他狂喜地跳着，想踏上那些该是过去人的脚迹。

他浑身一使劲，迸出个更大些的心火来。

他伛着腰，辨认那纵横重叠的脚迹，用他的微弱的心火的光焰。

咄！但是他吃惊地叫了起来。

这纵横重叠的，分明是禽兽的脚迹。大的，小的，新的，旧的，延展着，延展着，不知有几多远。而他孤零零站在这兽迹的大海中间。

他惘然站着，失却了本来的勇气；心头的火光更加微弱，黄苍苍地像一个毛月亮，更不能照他一步两步远。

于是抱着头，他坐在沙上。

他坐着，他想等到天亮；他相信：这纵横重叠的鸟兽的脚迹中，一定也有一些是人的脚迹，可以引上康庄大道，达到有光明温暖的人的处所的脚迹，只要耐守到天明，就可以辨认出来。

他耐心地等着，抱着头，连远处的灯塔也不望它一眼。他相信，在恐怖的黑夜中，耐心等候是不错的。然而，然而——隆隆隆的，他听得了叫他汗毛直竖的怪响了。这不是雷鸣，也不是海啸，他猛一抬头，他看见无数青面獠牙的夜叉从海边的黑浪里涌出来，夜叉们一手是钢刀，一手是人的黑心炼成的金元宝，慌慌张张在找觅牺牲品。

他又看见跟在夜叉背后的，是妖娆的人鱼披散了长发，高耸着一对浑圆的乳峰，坐在海滩的鹅卵石上，唱迷人的歌曲。

他闭了眼，心里这才想到等候也不是办法；他跳了起来，用最后的一分力，把心火再旺起来，打算找路走。可是——那边黑簇簇的一团这时闪闪烁烁飞出几点光来，飞出的更多了！光点儿结成球了，结成线条了，终于青闪闪地排成了四个大字：光明之路！

呵！哦！他得救地喊了一声。

这当儿，天空又撒下了锯齿形的闪电。是锯齿形！直要把这昏黑的天锯成了两半。在电光下，他看得明明白白，那边是一些七分像人的鬼怪，手里都有一根长家伙，怕就是人身上的什么骨头，尖端吐出青绿的鬼火，是这鬼火排成了好看的字。

在电光下，他又分明看到地下重重叠叠的脚迹中确也有些人样的脚迹，有的已经被踏乱，有的却还清楚，像是新的。

他的心一跳，心好像放大了一倍，从心里射出来的光也明亮得多了；他看见地下的脚迹中间还有些虽则外形颇像人类但确是什么只穿着人的靴子的妖魔的足印，而且他又看见旁边有小小的孩子们的脚印。有些天真的孩子上过当！

然而他也在重重叠叠的兽迹和冒充人类的什么妖怪的足印下，发现了被埋藏的真的人的足迹。而这些脚迹向着同一的方向，愈去愈密。

他觉得愈加有把握了，等天亮再走的念头打消得精光，靠着心火的照明，在纵横杂乱的脚迹中他小心地辨认着真的人的足印，坚定地前进！

（原载 1934 年 11 月 20 日《太白》第 1 卷第 5 期）

我曾经穿过怎样的紧鞋子

我在小学校的时候，最喜欢绘画。教我们绘画的先生是一位六十多岁的国画家。他的专门本领是画"尊容"，我的曾祖的《行乐图》就是他画的，大家都说像得很。他教我们临摹《芥子园画谱》，于是我们都买了一部石印的《芥子园画谱》。他说："临完了一部《芥子园画谱》，不论是梅兰竹菊，山水，翎鸟，全有了门径。"

他从不自己动手画，他只批改我们的画稿；他认为不对的地方，就赏一红杠，大书"再临一次"。

后来进了中学校，那里的图画教师也是国画家，年纪也有点老了。不过他并不是"尊容专家"。他的教授法就不同了。他上课的时候在黑板上先画了一幅，一面画，一面叫我们跟着临摹；他说："画画儿最要紧的诀窍是用笔的先后，所以我要当场一笔一笔现画，要你们跟着一笔一笔现临；记好我落笔的先后哪！"有时他特别"卖力"，画好了那幅"示范"的画儿以后，还拣那中间的困难点出来，在黑板的一角另画一幅"放大"，好比影片中的"特写"。

这位先生真是又和气又热心，我到现在还想念他。不用说，他从前大概也曾在《芥子园画谱》之类用过苦功，但他居然不把《芥子园画谱》原封不动掷给我们，却换着花样来教我们，在那时候已经十分难得了。

　　然而那时候我对于绘画的热心比起小学校时代来，却差得多了。原因大概很多，而最大的原因是忙于看小说。课余的时间全部消费在旧小说上头，绘画不过在上课的时候应个景儿罢了。

　　国文教师称赞我的文思开展，但又不满意地说："有点小说调子，应该力戒！"这位国文教师是"孝廉公"，又是我的"父执"，他对于我好像很关切似的，他知道我的看小说是家里大人允许的，他就对我说："你的老人家这个主张，我就不以为然。看看小说，原也使得，小说中也有好文章，不过总得等到你的文章立定了格局，然后再看小说，就没有流弊了。"过一会儿，他又摸着下巴说："多读读《庄子》和韩文①吧！"

　　我那时自然很尊重这位老师的意见，但是小学校时代专临《芥子园画谱》那样的滋味又回来了。从前临《芥子园画谱》的时候，开头个把月倒还兴味不差，——先生只叫我临摹某一幅，而我却把那画谱从头到底看了一遍，"欣然若有所得"；后来一部画谱看厌了，先生还是指定了那几幅叫我"再临一次"。又一次，我就感到异常乏味了。而这位老画师的用意却也和那位"孝廉公"的国文教师一样：要我先立定了格局！《庄子》之类，自然远不及小说来得有趣，但假使当时有人指定了某小说要我读，而且一定要读到我"立定了格局"，我想我对于小说也要厌恶了吧？再者，多看了小说，就不知不觉间会沾上"小说调子"，但假使指定了要我去临摹某一部小说的"调子"，恐怕看小说也将成为苦事了吧？

　　不过从前的老先生就要人穿这样的"紧鞋子"。幸而不久就来了"辛亥革命"，老先生们喑然于"世变"之巨，也就一切都

---

　　① 韩文：指韩愈（768—824）的文章。

"看穿"些，于是我也不再逢到好意的指导叫我穿那种"紧鞋子"了。说起来，这也未始不是"革命"之赐。

（原载 1934 年 7 月《文学》周年纪念特辑《我与文学》）

忆冼星海

　　和冼星海①见面的时候，已经是在听过他的作品（抗战以后的作品）的演奏，并且是读过了他那万余言的自传以后。（这篇文章发表在延安出版的一个文艺刊物上，是他到了延安以后写的。）

　　那一次我所听到的《黄河大合唱》，据说还是小规模的，然而参加合唱人数已有三百左右；朋友告诉我，曾经有过五百人以上的。那次演奏的指挥是一位青年音乐家（恕我记不得他的姓名），是星海先生担任鲁艺音乐系的短短时期内训练出来的得意弟子；朋友又告诉我，要是冼星海自任指挥，这次的演奏当更精彩些。但我得老实说，尽管"这是小规模"，而且由他的高足，代任指挥，可是那一次的演奏还是十分美满；——不，我应当承认，这开了我的眼界，这使我感动，老觉得有什么东西在心里抓，痒痒得又舒服又难受。对于音乐，我是十足的门外汉，我不能有条有理告诉你：《黄河大合唱》的好处在哪里。可是它那伟大的气魄自然而然使人鄙吝全消，发生崇高的情感，光是这一点也就叫你听过一次就像灵魂洗过澡似的。

　　从那时起，我便在想象：冼星海是怎样一个人呢？我曾经想

------

① 冼星海（1905—1945）：广东番禺人。作曲家。

象他该是木刻家马达（凑巧他也是广东人）那样一位魁梧奇伟，沉默寡言的人物。可是朋友们告诉我：不是，冼星海是中等身材，喜欢说笑，话匣子一开就会滔滔不绝的。

我见过马达刻的一幅木刻：一人伏案，执笔沉思，大的斗篷显得他头部特小，两眼眯紧如一线。这人就是冼星海，这幅木刻就名为《冼星海作曲图》。木刻很小，当然，面部不可能如其真人，而且木刻家的用意大概也不在"写真"，而在表达冼星海作曲时的神韵。我对于这一幅木刻也颇爱好，虽然它还不能满足我的"好奇"。而这，直到我读了冼星海的自传，这才得了部分的满足。

从星海的生活经验，我了解了他的作品之所以能有这样大的气魄。做过饭店堂倌，咖啡馆杂役，做过轮船上的锅炉间的火夫，浴堂的打杂，也做过乞丐，——不，什么都做过的一个人，有两种可能：一是被生活所压倒，虽有抱负只成为一场梦，又一是战胜了生活，那他的抱负不但能实现，而且必将放出万丈光芒。"星海就是后一种人！"——我当时这样想，仿佛我和他已是很熟悉的了。

大约三个月以后，在西安，冼星海突然来访我。

那时我正在候车南下，而他呢，在西安已住了几个月，即将经过新疆而赴苏联。当他走进我的房间，自己通了姓名的时候，我吃了一惊，"呀，这就是冼星海么！"我心里这样说，觉得很熟识，而也感得生疏。和友人初次见面，我总是拙于言词，不知道说些什么好，而在那时，我又忙于将这坐在我对面的人和马达的木刻中的人作比较，也和我读了他的自传以后在想象中描绘出来的人作比较，我差不多连应有的寒暄也忘记了。然而星海却滔滔不绝说起来了。他说他刚出来，就知道我进去了，而在我还没到西安的时候就知道我要来了；他说起了他到苏联去的计划，问起了新疆的情形，接着就讲他的《民族交响乐》的创作。我对于音乐的常识太差，静聆他的议论，（这是一边讲述他的《民族交响乐》的创作计划，一边又批评自己和人家的作品，表示他将来致力的方向），实在不能赞一词。岂但不能赞一词而已，他的话我记也记不全呢。可是，他那种气魄，却又一次使我兴奋鼓舞，和上回听到《黄河大合唱》一样。拿破仑说他的字典上没有"难"这一字，我以为冼星海的字典上也没有这一个字。他说，他以后的十年中将以全力完成他这创作计划；我深信他一定能达到。

我深信他一定能达到。因为他不但有坚强的意志和伟大的魄力，并且因为他又是那样好学深思，勇于经验生活的各种方面，勤于收集各地民歌民谣的材料。他说他已收到了他夫人托人带给他的一包陕北民歌的材料，可是他觉得还很不够，还有一部分材料（他自己收集的）却不知弄到何处去了。他说他将在新疆逗留一年半载，尽量收集各民族的歌谣，然后再去苏联。

现在我还记得的，是他这未来的《民族交响乐》的一部分的计划。他将从海陆空三方面来描写我们祖国山河的美丽，雄伟与博大。他将以"狮子舞""划龙船""放风筝"这三种民间的娱乐，作为他这伟大创作的此一部分的"象征"或"韵调"。（我记不清他当时用了怎样的字眼，我恐怕这两个字眼都被我用错了。当时他大概这样描写给我听：首先，是赞美祖国河山的壮丽，雄伟，然后，狮子舞来了，开始是和平欢乐的人民的娱乐，——这里要用民间"狮子舞"的音乐，随后是狮子吼，祖国的人民奋起反抗侵略者了。）他也将从"狮子舞""划龙船""放风筝"这三种民族形式的民间娱乐，来描写祖国人民的生活、理想和要求。"你预备在旅居苏联的时候写你这作品么？"我这么问他。"不！"他回答，"我去苏联是学习，吸收他们的好东西。要写，还得回中国来。"

那天我们的长谈，是我和他的第一次见面，谁又料得到这就是最后一次呵！"要写，还得回中国来！"这句话，今天还在我耳边响，谁又料得到他不能回来了！

这也就是为什么我在写这小文的时候还觉得我是在做噩梦。

我看到报上的消息时，我半晌说不出话。

这样一个人，怎么就死了！

昨晚我忽然这样想：当在国境被阻，而不得不步行万里，且经受了生活的极端的困厄，而回莫斯科去的时候，他大概还觉得这一段"傥来"①的不平凡的生活经验又将使他的创作增加了绮丽的色彩和声调；要是他不死，他一定津津乐道这一番的遭遇，觉得何幸而有此吧？

现在我还是这样想：要是我再遇到他，一开头他就会讲述这一段颠沛流离的生活，而且要说，"我经过中亚细亚，步行过万里，我看见了不少不少，我得了许多题材，我做成了曲子了！"时间永远不能磨灭我们在西安的一席长谈给我的印象。

一个生龙活虎般的具有伟大气魄，抱有崇高理想的冼星海，永远坐在我对面，直到我眼不能见，耳不能听，只要我神智还没昏迷，他永远活着。

1946 年 1 月 5 日

（原载 1946 年 1 月 28 日《新文学》第 2 期）

---

① "傥来"：不意而得的意思。《庄子·缮性》："物之傥来，寄也。"成玄英疏："傥者，意外忽来者耳。"

闻笑有感

笑是喜悦的表示，动物之中，大概只有人类有这本领吧。猴子也能作笑的姿态，但亦不过是姿态而已，看了不会引起快感，或且以为丑。至于微笑，冷笑，苦笑等等复杂的不尽是表示喜悦而别有滋味的各式之笑，那更是人类所独特擅长。

简直可以说，愈是思想情绪复杂且多矛盾而变态的人，笑之内容也愈为复杂而多变态；原始意味的笑——即天真的笑，差不多很难在这样人们的脸上找到了，通常我们见到的，倘不是虚伪的笑便是恶意的笑，这又是人类比猴子高明的地方，猴子大概作不出虚伪的笑，并且大概也没有恶意的笑。

但是也还有若干种类的笑，其动机似可索解却又未必竟能索解。譬如青年的疯女人，一丝不挂出现于大街，此时围观者如堵，笑声即错杂起落，如果再有一个无赖之徒对疯妇作猥亵之动作，旁观者就一定会哄然大笑。这样的笑，当然并不虚伪，确是"真情之流露"，远远听去，你会猜想这所笑者一定是一件可喜的事；那么，这是恶意的笑了，可又不尽然，当然说不上含有善意，但围而观者之群其中百分之九十九与此疯妇确无丝毫的仇恨，既无仇恨，则看见她在那样悲惨的境地而犹受无赖子的欺侮，纵使不生同情亦何必投之以恶意的笑呢？然则是缺乏同情心的缘故么？在此一场合，围观者同情心之薄弱，即就"围观"一举已可概见，自不待论；但是同情心之缺乏并不一定造成那样纵声狂笑的结果。假如有一位绅士在场，恐怕他是不笑的，虽然这位绅士跟围观之群比较起来，心地要肮脏得多，白天黑夜，他时时存着损人利己之心，而围观之群却确是善良（虽则赶不上那位绅士的聪明）的人们。

这样看来，恐怕只能把这种变态的笑解释为并无意义的动作，这恐怕是神经受了不寻常的一刺骤然紧张而起的一种反应，这中间并无恶意，当然也未必带有幸灾乐祸的成分。但"一半是神，一半是兽"的万物之灵，在这当儿，却突然褪落了"神"的光圈，而呈现了赤裸裸的"兽"的本色，大概也是不能讳言的事吧？

在街头遇到了这种的笑，并不比在雅致的客厅中遇到了虚伪的笑，更为舒服些，不过那不舒服的滋味应当是不相同吧？前者是悲哀而后者是憎恶。在前者，我们感到文化教育力之不足，在后者，我们看见了相反的作用——"人"非但未能净化，反倒被"教养"得更卑鄙龌龊了！我不得不承认：那种无意义的原始性的傻笑，虽使我听了战栗，可是比起客厅中高贵人们的虚伪的——可又十分有礼貌的笑，至少是"天真"些吧？

不过在大街上那样笑的机会究竟不多，常见者乃在室内。在文雅的背景前，有"教养"的嘴巴绘声绘影地在叙述一些惨厉的故事的时候，听到了那样野性的放纵的笑声，其使人毛骨耸然，当亦不下于在大街。这时的笑，当然决无虚伪，可也不见得如何"天真"，这里可以嗅出自私的气味，讲述者和听而笑者似乎都把这当作一种娱乐，一种享受，他们似乎习惯了要把血腥的人类灵魂被践踏的故事当作饱食以后的消化剂，把别人的痛苦当作自己开心的资料。这原来不是没有"教养"的人所知道的。

人们说近来有些话剧，颇重"噱头"，于是慨叹于"低级趣

60

味"之盛行，但是，见"噱头"而笑，即使是"低级趣味"吧，亦不过趣味低级而已；事有甚于此者，即并非"噱头"而且简直是不应当笑的地方，也往往听到喷发的笑声，叫人突然觉得这就是疯女人出现在大街上所引起的同样的声音。有一次我看电影，就在我近旁发出了这样变态的笑声；后来我留心看那几位"可敬的人们"，确也是衣冠楚楚，一表堂堂，标明是有"教养"的——即不是粗人，换一句话，就是那些看腻了"噱头"转而要从血腥和眼泪中寻取笑料的人！

人的感情有能变态到这样的地步的，这是人的堕落呢或是"进化"，自不待论；不过再一想，在众人的骷髅堆上建筑起一人的尊严富贵的，今世实在太多了，那么，仅仅在话剧或电影上找寻这样发泄的家伙，实在也不足责了。

剩下来的一个问题是：到了还没看腻"噱头"的小市民群的钱袋也不大宽裕而不得不依靠那些连"噱头"都已看腻转而要从血腥与眼泪——别人的痛苦中找寻娱乐的人们作为基本观众时，我们的戏剧将怎样办呢？

也许就是杞忧，现在这大时代有的是能使人痛快地一哭因而也就能健康地一笑的题材。但是看到那依然如故的"尺度"，我不能不担心我这个忧虑迟早要成为问题了。

2018年10月

（原载 1944 年 12 月 20 日《青年文艺》新 1 卷第 5 号）

升学与就业

　　暑假到了，又有几万个青年人从中学校里毕业出来，在"升学"呢，或"就业"呢，这两叉路口徘徊了。

　　有钱有势人家的子弟，自然无所用其"徘徊"。挟了饱满的钱袋——虽然不饱满的是他的书包，他照样可以"升学"，反正学校就好比"游戏场"，混上三年五载，出来时便是"学士""硕士"，就有钻谋差使的资格。说不定他的父母早已给他准备好什么拿钱不办事的好位置了。

　　很为难的是中等人家出身的中学生。翻开报纸一看，满眼是中等以上学校招生的广告，但是满报纸的夹缝里却又影影绰绰刊满了九个大字：知识分子失业的恐慌。而这些知识分子又多半是曾经"升学"过来的呀！

　　有些贤明的父母把很大的希望放在儿女身上，觉得中学毕业生简直是"郎勿郎，秀勿秀"①，于是多方省俭，甚至借贷，使儿女"升学"。他们自然以为将来方帽子一上头，职业就有把握了。然而这样的希望毕竟比"航空奖券"的头彩有多少把握，那也只有天晓得罢哩！

　　照普通的情形说，中等人家的子弟在中学毕业后，对于"升

---

　　① "郎勿郎，秀勿秀"：俗谚。既不是平民百姓，也不是名门显贵。

学”与“就业”的一问题往往走了这样的“连环套”：——

中学毕业了，因为无业可就，姑且“升学吧”；所以今日之“升学”即为他日之“就业”着想；然而今日拿出钱去“升学”，或可易如反掌，他日要“就业”而拿进钱来，竟至难如上天了，于是大学毕了业以后就真真成为无业，或者甚至于长期失业了。

依这情形，所谓“升学”也者，实在也就是“就业”的意味。大抵十个中学生内至少有九个的“升学”是含了这样的“就业”意味的。因而一般中学生的“升学”或“就业”的问题只是一个问题：谋生！

然而青年人的知识欲是强烈的，幻想是丰富的，所以问题的核心即使只是个“生计问题”，而问题的外层却很复杂，——强烈的知识欲和美满的幻想，一层一层交错包围着；而于是乎青年人在中学毕业后往往是非常烦恼地面对着这“升学”或“就业”问题了。

大而言之，这是一个严重的社会问题。在现社会一切不合理的状态尚未纠正以前，这个问题是无法解决的。但是有志气有魄力的青年也犯不着为这问题哭丧着脸终天发闷。我们敢为可爱的青年进一解，我们应拿高尔基的青年时代的经验来看一看吧。

高尔基是连中学都没有进过的，他自修到了中学的程度，十五岁那年，他忽然想到加桑①去进大学。但要进学校，第一要紧的还是钱。高尔基没有钱，大学进不成，就流落在加桑；他做码头上的小工，他又做过小小的面包店里的学徒。……这些，都是“业”，不是“学”，然而后来高尔基自己说：“这，我就是进了大学校了！”

学问并不一定要在学校中才有，才能学到。高尔基就是一个

———————
① 加桑：通译喀山。

例。不过千万不要误会，光在码头上面包店里混，就会学问长进。高尔基那时也靠了自修。他一方面谋生，一方面还是"手不释卷"地自修。

并且千万不要误会，我们引高尔基的故事是在暗示中学生诸君都去做"文豪"。这里，不过举一个例；因为高尔基是想进大学的，但结果是做工，而且他自己后来又说："这，我就是进了大学校了。"——这句话，刚好对于"升学"或"就业"这问题给了个很"幽默"的解答。实际上，中外古今有不少伟大的事业家都不是"学校""科班"出身，甚至科学家也有从没进过什么理工科大学的！

何必哭丧着脸呢？"升学"或"就业"这问题犯不着叫你烦恼！进了职业界，同样也还可以自修，只要自己意志坚强。可是还有一句话：假使有一位中学毕业生决心要"就业"了，而又脱不下自己的竹布长衫（假定他找不到穿长衫的职业），于是失业，于是怨天尤人，于是垂头丧气，那么，自然又当别论，而我们上面的那些话他也一定听不进耳朵。对于这样的青年，我们只能引用一句俗语："做过三年当铺朝奉，出来卖油条都不行呀！"

我们以为有骨气的青年人决不会做了几年中学生就弄成了一个"公子哥儿"。在必要的时候，他那件竹布长衫可以脱掉，而且脱掉了竹布长衫后，他依然不忘记自修。在这样的青年人，"升学"或"就业"，都不成问题了！

（原载 1934 年 6 月 1 日《中学生》第 46 期）

大题小解

从《京本通俗小说》而《水浒传》《三国演义》《红楼梦》《西游记》《儒林外史》，清末之谴责小说（用鲁迅先生的题名），以至"五四"以后的新文学作品，我们看见一幅洋洋大观的"百面图"。我们大略地来数一数，觉得"百面"中间，写得最多，而且也穷尽形象的，还是穷秀才，潦倒名士，——在今天就是流浪的知识分子，或者是虽不流浪却在饥饿线上挣扎的知识分子，换言之，作者最多写的，还是他自己一阶层的人。

《水浒》和《三国演义》因其非出于一时一人之手，故当别论。其他庸俗的演义，多未达艺术制作的水准，则又不足论。除此二者，凡个人著作，其"人物的画廊"虽然公侯将相，市侩倡优，九流三教，济济楚楚，而其实，倘有"典型人物"，总还是属于作者自己一阶层的为多。旧小说中农民典型之贫乏（《水浒》是例外），是一件颇堪玩味的事。而且除了《红楼梦》，写女性亦鲜有极佳者，《金瓶梅》所写，多属变态的女性，自当别论。倒是清末的狭邪小说，有些好的女性描写，但此种"生意上人"，当然又是特殊的女性。旧小说中极少很好的普通女性的描写，这又是一件颇堪玩味的事。

在这些地方，新文学作品就比旧小说强些。不说技巧，单看"人物的画廊"，则新文学作品中就丰富得多，也复杂得多。农民画像中，首先就有个不朽的阿Q。至于女性，则自老祖母以至小孙女，自"三从四德"的"奴隶"以至"叛逆的女性"，可谓应有尽有，实在替数百年来甚至在文学作品亦处于不平等地位的中国女性，大大吐一口气。

但是新文学作品的"人物表"上，却也遗漏了一个重要的阶层：这便是手工业工人！我们日常谈话中，常常听到"手工业式"这一个批语，但我们的新文学作品中却还没有写到手工业工人！

手工业工人与农民不同。两者的思想意识大有区分。

事实上，手工业者的"行会思想"在知识分子群中，几乎随时可以发现。只顾狭小的自己范围内的利益，排拒异己（其反面如同乡同学或同什么的，则格外亲密些），缺乏互助心，只以"自了"为满足，挖别人墙脚，——诸如此类的"本位主义"，不是知识分子常常蹈袭的么？倒是所谓"农民意识"者，知识分子中比较鲜见，举一例，"平均主义"就不大普遍，岂但不普遍，宁是反对。知识分子具有此等来自手工业者的"行会思想"，却又不自觉，往往不能以之和农民意识分别，而在描写农民时给加上去，但真正手工业者群，反而不见于他们的笔下。

就是写农民吧，往往虽能大体上不背于农民意识，而情感方面又露出知识分子的面目。农民意识中最显著的几点，例如眼光如豆，只顾近利，吝啬，决不肯无端给人东西，强烈的私有欲，极端崇拜首领，凡此种种，也还少见深刻的描写。大凡"农村出身"的知识分子，往往因其"熟悉"农民生活，不自觉地忽略了深一层去观察的工夫，便容易有此过失。可是"农村出身"的知识分子，属于自耕农家庭者，怕也就很少了，大部分还不是来自富农家庭或小地主家庭？这一层"身份"的关系，如果不是有意地跳开，便会限制了他的了解的深度的。

我提议我们的理论家和批评家做一件烦琐的工作：把新文学中几部优秀作品的各色"人物"，各以类聚，先列一个表，然后再比较研究同属一社会阶层的那些"人物"在不同作家的笔下，有什么不同的"面目"；于是指出何者为适如其分，铢两相称，何者被强调了非特殊点而忽略了特殊点，何者甚至被拉扯成为"四不像"。这工作是太琐细了一点，也许是高谈理论者所不屑一顾，但要使我们的理论与批评不悬空，要使作者真有点受用，那倒确有一试的价值。如果做成了，实在是功德无量。

　　我们有一个已非一日的毛病：因为要高视远瞩，不屑"躬亲琐事"，结果落得空空洞洞，作为文章来读，未始不高超而汪洋，但于有关方面（作家和一般读者），则没有什么受用。这为的是爱说原则的话，规律和法则满纸，似已成为风气。原则当然需要，规律和法则谁敢说无用，可是我们的新文学还在幼年时代，抽象的话太多了，不受用。倘从具体说，举些实例来分析解剖判断，愈琐细则愈切实，那时再读原则的话，就不患不能消化了。如果能这样办，至少可以补救最近二三年来一个缺点：这就是问题提出来不少，原则上也都解决了，但事实上则原则的解决之后，便无影无踪，看不见在创作实践上的反应。

1941 年 6 月 7 日

（原载 1941 年 7 月 1 日《时代文学》第 1 卷第 2 号）

大　旱

这是大旱年头一个小小乡镇里的故事。

亲爱的读者：也许你是北方人，你就对于这故事的背景有点隔膜了。不过我也有法子给你解释个明白。

第一，先请你记住：这所谓小小的乡镇至少有北方的二等县城那么热闹；不，单说热闹还不够，再得加一个形容词——摩登。镇里有的是长途电话（后来你就知道它的用处了），电灯，剪发而且把发烫曲了的姑娘，抽大烟的少爷，上海流行过三个月的新妆，还有——周乡绅六年前盖造的"烟囱装在墙壁里"的洋房。

第二，这乡镇里有的是河道。镇里人家要是前面靠街，那么，后面一定靠河；北方用吊桶到井里去打水，可是这个乡镇里的女人永远知道后房窗下就有水；这水，永远是毫不出声地流着。半夜里你偶然醒来，会听得窗外（假使你的卧室就是所谓靠河的后房）有咿咿哑哑的橹声，或者船娘们带笑喊着"扳艄"，或者是竹篙子的铁头打在你卧房下边的石脚上——铮的一响，可是你永远听不到水自己的声音。

清早你靠在窗上眺望，你看见对面人家在河里洗菜洗衣服，也有人在那里剖鱼，鱼的鳞甲和肠子在水面上慢慢地漂流，但是这边——就在你窗下，却有人在河水里刷马桶，再远几间门面，有人倒垃圾，也有人挑水——挑回去也吃也用。要是你第一回看见了这种种，也许你胸口会觉得不舒服，然而这镇里的人永远不会跟你一样。河水是"活"的，它慢慢地不出声地流着；即使洗菜洗衣服的地方会泛出一层灰色，刷马桶的地方会浮着许多嫩黄色的泡沫，然而那庄严的静穆的河水慢慢地流着流着，不多一会儿就还你个茶色的本来面目。

所以，亲爱的读者，第三项要请你记住的，这镇里的河是人们的交通要道，又是饮料的来源，又是垃圾桶。

镇外就是田了，镇上人谈起一块田地的"四至"来，向来是这样的："喏，东边到某港，西边靠某浜，南边又是某港，北边就是某某塘（塘是较大的河）。"水，永远是田地的自然边界。可是，我的朋友，请你猜一猜，这么一块四面全是河道的田地有多少亩？一百亩罢？太多太多！五十亩呢？也太多！十亩，二十亩？这就差不多了！水是这么的"懂事"，像蛛网一般布满了这乡镇四周的田野。亲爱的读者，这就是我要报告的第四项了。

这样的乡村，说来真是"鱼米之邦"，所谓"天堂"了罢！然而也不尽然。连下了十天雨，什么港什么浜就都满满的了，乡下人就得用人工来排水了，然而港或浜的水只有一条出路：河。而那永远不慌不忙不出声流着的河就永远不肯把多余的水赶快带走。反过来，有这么二十天一个月不下雨，糟了，港或浜什么的都干到只剩中心里一泓水，然而那永远不慌不忙不出声流着的河也是永远不会赶快带些水来喂饱港或浜。

要是碰到像今年那样一气里五六十天没有雨，嘿嘿！你到乡下去一看，你会连路都认不准呢！我要讲的故事，就从这里开头。

从前要到这小小的乡镇去，你可以搭小火轮。从这镇到邻近的许多小镇，也都有小汽油轮。那条不慌不忙不出声流着的镇河里每天叫着各种各样的汽笛声。这一次四十多天不下雨，情形可就大大不同。上海开去的小火轮离镇五六十里就得停住，客人们换上了小船，再前进。这些小船本来是用橹的，但现在，橹也不行，五六十里的路就全靠竹篙子撑。好容易到得镇梢时，小船也过不去了，客人们只好上岸走。这里是一片荒野，离镇还有十多里路。

我到了镇中心区的时候，已经是晚上九点多钟。街上有些乘凉的人。我走上了一座大桥，看见桥顶上躺着七八个人，呼呼地打鼾。这里有一点风，被风一吹，这才觉得倦了，我就拣一个空位儿也放倒了身体。

"外港尚且那样，不知这镇河干成了什么样子？"我随便想，就伛起身子来看河里。这晚上没有月亮，河里墨黑，从桥顶望下去，好像深得很。渐渐看出来了，有两点三点小小的火光在河中心闪动。隐隐约约还有人声。"哦！还好！"我心里松了一松，我以为这三三两两的火光自然就是从前见惯的"生意船"，或者是江北船户在那里摸螺蛳。然而火光愈来愈近了，快到了桥边了，我睁大眼睛看，哪里有什么船呢，只是几个赤条条的人！小时候听人讲的"落水鬼"故事便在我脑上一闪。这当儿，河里的人们也从桥堍的石埠走上来了，的的确确是"活人"，手里拿着竹丝笼，他们是在河里掏摸小蟹的顽皮孩子。原来这一条从前是交通要道，饮料来源，又兼无底垃圾桶的镇河，现在却比小小的沟还不如！

四十多天没雨，会使这小小的乡镇完全改变了面目，本来是"路"的地方会弄到不成其为"路"。

从前这到处是水的乡镇，现在水变成了金子。人们再不能够站在自家后门口吊水上来，却要跑五六里路挨班似的这才弄到一点泥浆样的水。有人从十多里路远的地方挑了些像样的水来，一毛钱一桶；可是不消几天，就得跑它二十多里路这才有像样的水呢！

白天，街上冷清清地不大见人，日中也没有市。这所谓"市"，就是乡下人拿了农产物来换日用品。我巡游着那冷落的市街，心里就想起了最近读过的一首诗。这位住在都市的诗人一面描写夜的都市里少爷小姐的跳舞忙，一面描写乡下人怎样没昼没夜的戽水，给这两种生活作一个对比。我走过那些不见一个乡下人的街道时，我自然也觉得乡下人一定是田里忙了，没有工夫上镇里来"做市面"。但是后来我就发现了我的错误。街那边有一家出租汽油灯的铺子，什么"真正国货光华厂制"的汽油灯，大大小小挂满了一屋子，两个人正靠在铺前的柜台边谈闲天。我听得中间一位说道：

"亏本总不会罢？一块钱一个钟头，我给你算算，足有六分钿呢！"

说话的是四十来岁的长条子，剃一个和尚头，长方脸，眯细了眼睛，大概是近视，却不戴眼镜。我记起这位仁兄来了。他是镇上的一位"新兴资产阶级"，前年借了一家歇业的典当房子摆了三十多架织布机，听说干的很得手呢。我站住了，望望那一位。这是陌生面孔，有三十多岁，一张圆脸儿，晒得印度人似的。他懒洋洋摸着下巴回答这长条子道：

"六分钿是六分钿，能做得几天生意呢？三部车本钱也要一千光景，租船难道不要钱？初头上开出去抽水，实实足足做了八天生意。你算算有什么好处？现在，生意不能做了，船又开不回来，日晒夜露，机器也要出毛病呵！"

"唔唔，出毛病还在其次……就怕抢！"

长条子摇着头说，眯细了眼睛望望天空。

我反正有的是空工夫，就踅到柜台边跟他们打招呼。几句话以后，我就明白了他们讨论的"亏本不亏本"是什么。原来那黑圆脸的就是汽油灯铺子的老板，他买了三部苏农厂的抽水机，装在小船上，到乡下去出租，一块钱一点钟，汽油归他出。这项生意是前年发大水的时候轧米厂的老板行出来的，很赚了几个钱。今年汽油灯铺的老板就来学样，却不料乡下那些比蛛网还密的什么港什么浜几天工夫里就干得一滴水也没有了，抽水机虽然是"利器"，却不能从十里外的大河里取水来，并且连船带机器都搁浅在那里，回不到镇里了。港极多的乡下，现在干成了一片大片原。乡下人闲得无事可做。他们不到镇里来，倒不是为的戽水忙，却是为的水路干断——平常他们总是摇了船来的。再者，他们也没有东西可卖，毒热的太阳把一切"耘生"① 都活活晒死了。

这一个小小的热闹摩登的乡镇于是就成为一个半死不活的荒岛了：交通断绝，饮水缺乏，商业停顿。再有三四十天不下雨，谁也不敢料定这乡镇里的人民会变成了什么！

可是在这死气沉沉的环境中，独有一样东西是在大活动。这就是镇上的长途电话。米店老板一天要用好几次长途电话，探询上海或是无锡的米价钱；他们要照都市里的米价步步涨高起来，他们又要赶快进货，预备挣一笔大钱。公安分局也是一天要用那长途电话好几次的；他们跟邻镇跟县里的公安局通消息，为的恐怕乡下人抢米，扰乱地方治安；他们对于这一类事，真是眼明手快，勇敢周密。

---

① "耘生"：庄稼。

海南杂忆

我们到了那有名的"天涯海角"。

从前我有一个习惯：每逢游览名胜古迹，总得先找些线装书，读一读前人（当然大多数是文学家）对于这个地方的记载——题咏、游记等等。

后来从实践中我知道这不是一个好办法。

当我阅读前人的题咏或游记之时，确实很受感染，陶陶然有卧游之乐；但是一到现场，不免有点失望（即使不是大失所望），觉得前人的十分华赡的诗词游记骗了我了。例如，在游桂林的七星岩以前，我从《桂林府志》里读到好几篇诗、词以及骈四俪六的游记，可是一进了洞，才知道文人之笔之可畏——能化平凡为神奇。

这次游"天涯海角"，就没有按照老习惯，遑遑然做"思想上的准备"。

然而仍然有过主观上的想象。以为顾名思义，这个地方大概是一条陆地，突入海中，碧涛澎湃，前去无路。

但是错了。完全不是那么一回事。

所谓"天涯海角"就在公路旁边，相去二三十步。当然有海，就在岩石旁边，但未见其"角"。至于"天涯"，我想象得到千数百年前古人以此二字命名的理由，但是今天，人定胜天，这

73

里的公路是环岛公路干线，直通那大，沿途经过的名胜，有盐场、铁矿等等，这哪里是"天涯"？

出乎我的意外，这个"海角"却有那么大块的奇拔的岩石；我们看到两座相偎相倚的高大岩石，浪打风吹，石面已颇光滑；两石之隙，大可容人，细沙铺地；数尺之外，碧浪轻轻拍打岩根。我们当时说笑话：可惜我们都老了，不然，一定要在这个石缝里坐下，谈半天情话。

然而这些怪石头，叫我想起题名为《儋耳山》的苏东坡的一首五言绝句：

> 突兀隘空虚，他山总不如。
> 君看道旁石，尽是补天遗！

感慨寄托之深，直到最近五十年前，凡读此诗者，大概要同声浩叹。我翻阅过《道光琼州府志》，在"谪宦"目下，知谪宦始自唐代，凡十人，宋代亦十人；又在"流寓"目下，知道隋一人，唐十二人，宋亦十二人。明朝呢，谪宦及流寓共二十二人。这些人，不都是"补天遗"的"道旁石"么？当然，苏东坡写这首诗时，并没料到在他以后，被贬逐到这个岛上的宋代名臣，就有五个人是因为反对和议、力主抗金而获罪的，其中有大名震宇宙的李纲、赵鼎与胡铨。这些名臣，当宋南渡之际，却无缘"补天"，而被放逐到这"地陷东南"的海岛做"道旁石"。千载以下，真叫人读了苏东坡这首诗同声一叹！

经营海南岛，始于汉朝；我不敢替汉朝吹牛。乱说它曾经如何经营这颗南海的明珠。但是，即使汉朝把这个"大地有泉皆化酒，长林无树不摇钱"的宝岛只作为采珠之场，可是它到底也没有把它作为放逐罪人的地方。大概从唐朝开始，这块地方被皇帝看中了；可是，宋朝更甚于唐朝。宋太宗贬逐卢多逊至崖州的诏书，就有这样两句："特宽尽室之诛，止用投荒之典。"原来宋朝皇帝把放逐到海南岛视为仅比满门抄斩罪减一等，你看，他们把这个地方当作怎样的"险恶军州"。

只在人民掌握政权以后，海南岛才别是一番新天地。参观兴隆农场的时候，我又一次想起了历史上的这个海岛，又一次想起了苏东坡那首诗。兴隆农场是归国华侨经营的一个大农场。你如果想参观整个农场，坐汽车转一转，也得一天两天。从前这里没有的若干热带作物，如今都从千万里外来这里安家立业了。正像这里的工作人员，他们的祖辈或父辈万里投荒，为人作嫁，现在他们回到祖国的这个南海大岛，却不是"道旁石"而是真正的补天手了！

我们的车子在一边是白浪滔天的大海，一边是万顷平畴的稻田之间的公路上，扬长而过。时令是农历岁底，北中国的农民此时正在准备屠苏酒，在暖屋里计算今年的收成，筹划着明年的夺粮大战罢？不光是北中国，长江两岸的农民此时也是刚结束一个战役，准备着第二个。但是，眼前，这里，海南，我们却看见一望平畴，新秧芊芊，嫩绿迎人。这真是奇观。

还看见公路两旁，长着一<u>丛丛</u>的小草，绵延不断。这些小草矮而<u>丛</u>生，开着绒球似的小白花，枝顶聚生如盖，累累似珍珠，远看去却又像一匹白练。

我忽然想起明朝正统年间王佐所写的一首五古《鸭脚粟》了。我问陪同我们的白光同志："这些就是鸭脚粟么?"

"不是!"她回答，"这叫飞机草，刚不久，路旁有鸭脚粟。"

真是新鲜，飞机草。寻根究底之后，这才知道飞机草也是到处都有，可做肥料。我问鸭脚粟今作何用，她说："喂牲畜。可是，还有比它好的饲料。"

我告诉她，明朝一个海南岛的诗人，写过一首诗歌颂这种鸭脚粟，因为那时候，老百姓把它当作粮食。这首诗说：

> 五谷皆养生，不可一日缺；
> 谁知五谷外，又有养生物。
> 茫茫大海南，落日孤兔没；
> 岂有亿万足，垄亩生倏忽。
> 初如兔足撑，渐见蛙眼突；
> 又如散细珠，钗头横屈曲。

你看，描写鸭脚粟的形状，多么生动，难怪我印象很深，而且错认飞机草就是鸭脚粟了。但是诗人写诗不仅为了咏物，请看它下文的沉痛的句子：

> 三月方告饥，催租如雷动；
> 小熟三月收，足以供迎送。
> 八月又告饥，百谷青在垄；
> 大熟八月登，恃此以不恐。
> 琼民百万家，菜色半贫病；
> 每到饥月来，此草司其命。
> 间阎饱饼饼，上下足酒浆；
> 岂独济其暂，亦可赡其常。

照这首诗看来，小大两熟，老百姓都不能自己享用哪怕是其中的一小部分，而经常借以维持生命的，是鸭脚粟。

然而王佐还有一首五古《天南星》：

君有天南星，处处入本草；

夫何生南海，而能济饥饱。

八月风飕飕，闾阎菜色忧；

南星就根发，累累满筐收。

这就是说，"大熟八月登"以后，老百姓所得，尽被搜刮以去，不但靠鸭脚粟过活，也还靠天南星。王佐在这首诗的结尾用了下列这样"含泪微笑"式的两句：

海外此美产，中原知味不？

1963 年 5 月 13 日

论"入迷"

有多种多样的"入迷"。

吉诃德先生看武侠小说把一份家产几乎看光,还嫌不够,还要出去行侠,终于把一条老命也赔上。这是"入迷"的一种。

《红楼梦》上香菱学诗,弄得茶饭无心,梦里也作诗。这也是"入迷"。但据说香菱居然把诗作好了。

乡间有伧夫读《封神榜》,搔头抓耳,心花大放,忽开窗俯瞩,窗下停有馄饨担,开了锅盖,热气蓬蓬直上;伧夫见了,遽大叫道:"吾神驾祥云去也!"跨窗而出,把馄饨担踹翻了。这又是一种的"入迷",然而程度远在吉诃德先生之下。

吉诃德先生的"入迷",结果是悲剧。乡间伧夫的"入迷",结果是喜剧。香菱的"入迷",结果不悲不喜,只成了一篇平凡的故事。

就"入迷"而论,吉诃德先生实在是伟大的;你看他始终不动摇。乡间伧夫那一幕喜剧,叫作一时发昏,也许他赔偿了馄饨担以后就发誓不再看《封神榜》了。但当他高叫"吾神驾祥云去也",而且撩衣跳窗的时候,他那态度倒也是"严肃"的,他确实"走进了《封神榜》",不自知其非书中人了!至于香菱,她茶饭无心地读杜工部、温飞卿的时候,她唯一目的是自己也做个诗人。使她着了"迷"的,不是杜工部他们的作品,而是她自己想做诗人这一念的"虚荣"。故就"入迷"而论,香菱的,便是最下乘!

有些人一拿篇小说来读,便在心里说:"小说家言,岂能当真。"于是他带着怀疑的微笑,被动地看下去了。有些人进了戏园,就自己提醒自己道:"这是做戏呀!"于是他让戏拉着,坐到终场。他们自视为绝顶聪明的人,视吉诃德先生为天字第一号笨伯。可是我们说,真正含有严肃的人生意义的小说或戏曲,原来不是给此等人看的!此等人看小说进戏园只是糟蹋时间罢了!读小说或观剧,一定得有几分"入迷"——就是走入作品中,和书中人一同笑一同哭,这才算不负那小说或戏曲,而小说或戏曲也没有白糟蹋了他的光阴。

一位作家写作品的时候,也非"入迷"不可。他的感情要和他笔下人物的感情合一。他写的人物不止一个,然而他所憧憬的,或拈出来使人景仰或认识的人物,却只有一个或一群;作家就要恨此人物所憎恨的对象,拥护此人物所拥护的一切!作家必须自己先这么"入迷",然后可望读者也"入迷"。然后他的作品不是消遣品,他的力气不算白费。一个演员在舞台上假使存了"我是在做戏"的念头,他的戏一定做不好。

现在常听得人说:"多读杰作,学取技巧。"这话是不错的,但假使像香菱似的一面读杰作,一面心里想:"我读完了这些,我就是文学家了。"那他还是白读。他读杰作的时候,应当毫无杂念,应该只是走进书去,笑时就笑,哭时就哭——他应该"入迷"!所谓技巧的学得这一步,是在他几次"入迷"以后自然而然的结果。他把杰作咀嚼消化,成为他自己的力量了。倘使他读杰作的时候心里总惦记着"快学技巧呀",他在杰作的字里行间时时都发生"这是不是技巧"的问号,那他决学不到什么技巧。要是他自以为"学到"了一点什么,那也不是真正的学到,而是生吞活剥的模仿，甚至是剽窃！

　　归根一句话，人与文学的关系，"入迷"是必要的！

卖豆腐的哨子

　　早上醒来的时候，听得卖豆腐的哨子在窗外呜呜地吹。

　　每次这哨子声引起了我不少的怅惘。

　　并不是它那低叹暗泣似的声调在诱发我的漂泊者的乡愁；不是呢，像我这样的 outcast（无家可归的人），没有了故乡，也没有了祖国，所谓"乡愁"之类的优雅的情绪，轻易不会兜上我的心头。

　　也不是它那类乎军笳然而已颇小规模的悲壮的颤音，使我联想到另一方面的烟云似的过去；也不是呢，过去的，只留下淡淡的一道痕，早已为现实的严肃和未来的闪光所掩煞所销毁。

　　所以我这怅惘是难言的。然而每次我听到这呜呜的声音，我总抑不住胸间那股回荡起伏的怅惘的滋味。

　　昨夜我在夜市上，也感到了同样酸辣的滋味。

　　每次我到夜市，看见那些用一张席片挡住了潮湿的泥土，就这么着货物和人一同挤在上面，冒着寒风在嚷嚷然叫卖的衣衫褴褛的小贩子，我总是感得了说不出的怅惘的心情。说是在怜悯他们么？我知道怜悯是亵渎的。那么，说是在同情于他们罢？我又觉得太轻。我心底里钦佩他们那种求生存的忠实的手段和态度，然而，亦未始不以为那是太拙笨。我从他们那雄辩似的"夸卖"声中感得了他们的心的哀诉。我仿佛看见他们吁出的热气在天空中凝集为一片灰色的云。

可是他们没有呜呜的哨子。没有这像是闷在瓮中，像是透过了重压而挣扎出来的地下的声音，作为他们的生活的象征。

呜呜的声音震破了冻凝的空气在我窗前过去了。我倾耳静听，我似乎已经从这单调的呜呜中读出了无数文字。

我猛然推开幛子，遥望屋后的天空。我看见了些什么呢？我只看见满天白茫茫的愁雾。

（原载《小说月报》第 20 卷第 2 号，1929 年 2 月 10 日出版）

香　市

　　"清明"过后，我们镇上照例有所谓"香市"，首尾大约半个月。

　　赶"香市"的群众，主要是农民。香市的地点，在社庙。从前农村还是"桃源"的时候，这"香市"就是农村的"狂欢节"。因为从"清明"到"谷雨"这二十天内，风暖日丽，正是"行乐"的时令，并且又是"蚕忙"的前夜，所以到"香市"来的农民一半是祈神赐福（蚕花廿四分），一半也是预酬蚕节的辛苦劳作。所谓"借佛游春"是也。

　　于是"香市"中主要的节目无非是"吃"和"玩"。临时的茶棚，戏法场，弄缸弄瓮，走绳索，三上吊的武技班，老虎，矮子，提线戏，髦儿戏，西洋镜……将社庙前五六十亩地的大广场挤得满满的。庙里的主人公是百草梨膏糖，花纸，各式各样泥的纸的金属的玩具，灿如繁星的"烛山"，熏得眼睛流泪的檀香烟，木拜垫上成排的磕头者。庙里庙外，人声和锣鼓声，还有孩子们手里的小喇叭，哨子的声音，混合成一片骚音，三里路外也听得见。

　　我幼时所见的"香市"，就是这样热闹的。在这"香市"中，我不但赏鉴了所谓"国技"，我还认识了老虎，豹，猴子，穿山甲。所以"香市"也是儿童们的狂欢节。

　　"革命"以后，据说为的要"破除迷信"，接连有两年不准举行"香市"。社庙的左屋被"公安分局"借去做了衙门，而庙前广场的一角也筑了篱笆，据说将造公园。社庙的左偏殿上又有什么"蚕种改良所"的招牌。

然而从去年起，这"迷信"的香市忽又准许举行了。于是我又得机会重温儿时的旧梦，我很高兴地同三位堂妹子（她们运气不好，出世以来没有见过像样的热闹的香市），赶那香市去。

天气虽然很好，"市面"却很不好。社庙前虽然比平日多了许多人，但那空气似乎很阴惨。居然有锣鼓的声音。可是那声音单调。庙前的乌龙潭一泓清水依然如昔，可是潭后那座戏台却坍塌了，屋椽子像瘦人的肋骨似的暴露在"光风化日"之下。一切都不像我儿时所见的香市了！

那么姑且到唯一的锣鼓响的地方去看一看吧。我以为这锣鼓响的是什么变把戏的，一定也是瘪三式的玩意了。然而出乎意料，这是"南洋武术班"，上海的《良友画报》六十二期揭载的"卧钉床"的大力士就是其中的一员。那不是无名的"江湖班"。然而他们只售票价十六枚铜元。

看客却也很少，不满二百（我进去的时候，大概只有五六十）。武术班的人们好像有点失望，但仍认真地表演了预告中的五六套：马戏，穿剑门，穿火门，走铅丝，大力士……他们说："今天第一回，人少，可是把式不敢马虎——"他们三条船上男女老小总共有到三十个！

在我看来，这所谓南洋武术班的几套把式比起从前"香市"里的打拳头卖膏药的玩意来，委实是好看得多了。要是放在十多年前，怕不是挤得满场没个空隙儿吗？但是今天第一天也只得二百来看客。往常"香市"的主角——农民，今天差不多看不见。

后来我知道，镇上的小商人是重兴这"香市"的主动者；他们想借此吸引游客振兴市面；可是他们也失望了！

桑 树

跟"香市"里的把戏班子一同来的是"桑秧客人"。

为什么叫作"客人"呢？孩子们自伙淘里私下议论。睁大了小眼睛躲在大人身背后，孩子们像看把戏似的望着这些"客人"。说话听不懂；他们全是外路口音。装束也有点不顺眼：他们大半穿一件土蓝布的，说它是长衫就太短，说是马褂又太长，镇上没人穿的褂子；他们又有满身全是袋的，又长又大，看上去又挺厚的土蓝布做的背心；年纪大一点的，脚上是一双土布鞋，浅浅的鞋帮面，双梁，配着白布的袜子，裤管塞在袜筒里：镇上只有几个老和尚是这么打扮的。

他们卖"桑秧"。什么叫"桑秧"，孩子们有点懂。这是小小的桑树。大桑树有桑果。孩子们大都爬上过大桑树，他们不稀罕这幺魔①的小家伙，可是他们依然欢迎这些外路的"桑秧客人"，为的是"桑秧客人"来了，"香市"也就快到，把戏班子船跟桑秧船停在一处。

就同变把戏的先要看定场子一样，"桑秧客人"也租定了镇上人家的一两间空屋，摆出货来了。他们那桑秧的种类真多！一人高，两杈儿的，通常是一棵一棵散放着，直挺挺靠在墙壁上，

---

① 幺魔：形容人微不足道。

好比是已经能够自立的小伙子。差不多同样高，然而头上没有两枝儿的，那就四棵或者六棵并成一组，并且是躺在地上了：它们头齐脚地一组一组叠起来高到廊檐口。它们是桑秧一家子里边的老二。还有老三，老四，老五……自然也只有躺在泥地上叠"人"堆的份儿了，通常是二十棵、三十棵乃至五十棵扎成一组。

最末了的"老幺"们，竟有百来棵挤成一把儿的。你远看去总以为是一把扫帚。"桑秧客人"也当它们扫帚似的随随便便在门槛边一放。

有时候，门槛边挤的人多了，什么草鞋脚，赤脚或者竟是"桑秧客人"他们自己的土布双梁鞋，也许会踹在"老幺"们那一部大胡子似的细根上。有时碰到好晴天，太阳光晒进屋子里来了，"桑秧客人"得给"老大"它们的根上洒点水或者拿芦席盖在它们身上；可是门槛边的"老幺"们就没有那份福来享。顶巴结的"客人"至多隔一天拿它们到河里去浸一浸，就算了。

因为百来棵一把的"老幺"们的代价还赶不上它们"大哥"一棵的小半儿呵！

逛"香市"的乡下人就是"桑秧客人"做买卖的对象。

乡下人总要先看那些疏疏落落靠在墙壁上的一人高两枝儿的"老大"。他们好像"看媳妇"似的相了又相，问价钱，扪一下自己的荷包，还了价钱，再扪一下自己的荷包。

两枝儿的"老大"它们都是已经"接过"的，就好比发育完全的大姑娘；种到地里，顶多两年工夫就给你很好的桑叶了。"老二"以下那一班小兄弟，即使个儿跟"老大"差不多，天分却差得远了。它们种到地里，第二年还得"接"；不"接"嘛，大起来就是野桑，叶儿又小又瘦，不能做蚕宝宝的食粮。"接过"后，也还得三年四年——有时要这么五年，才能生叶，才像一棵桑树。

然而乡下人还了价钱，扣着自己的荷包，算来算去不够交结"老大"的时候，也只好买"老二""老三"它们了。这好比"领"一个八九十来岁的女孩子做"童养媳"，几时可以生儿子，扳指头算得到。只有那门槛边的"老幺"们，谁的眼光不会特地去看一下。乡下人把"老二""老三"它们都看过，问价而且还价以后，也许有意无意地拿起扫帚样的"老幺"们看一眼，但是只看一眼，就又放下了。可不是，要把这些"老幺"调理到能够派正用，少说也得十年呀！谁有这么一份耐心呢？便算有耐心，谁又有那么一块空地搁上十年再收利呢！

有时候，讨价还价闹了半天，交易看看要不成了，"桑秧客人"抓抓头皮，就会拿起门槛边那些扫帚样的"老幺"们掷在乡下人面前说："算了吧，这一把当作饶头吧！"乡下人也摸着下巴，用他的草鞋脚去拨动"老幺"们那一撮大胡子似的细根。交易成功了。乡下人捎着两三组"老二"或是"老三"，手里拎着扫帚似的"老幺"。

"老幺"就常常这样"陪嫁丫头"似的跟着到了乡下。

特地去买"老幺"来种的，恐怕就只有黄财发。

他是个会打"远算盘"的人。他的老婆养第二个孩子的时候，他就到镇上育婴堂里"抱"了个八个月大的女孩子来给他三岁大的儿子做老婆。他买那些"老幺"辈分的桑秧，也跟"抱"八个月大的童养媳同样的"政策"。他有一块地，据说是用得半枯，非要让它醒一醒不可了；他花三毛钱买了两把"老幺"桑秧来，就种在那块地上。

这就密密麻麻种得满满的了，总数有两百四十多。当年冬天冻死了一小半。第二年春，他也得了"陪嫁"的一把，就又补足了上年的数目。到第四年上，他请了人来"接"；那时他的童养媳也会挑野菜了。小桑树"接"过后，只剩下一百多棵像个样儿，然而黄财发已经满足。他这块地至多也不过挤下百来棵。

可是这是十年前的旧事。现在呢，黄财发的新桑地已经出过两次叶了，够吃一张"蚕种"。黄财发的童养媳也长成个大姑娘，说不定肚子里已经有儿子。

八个月大的女孩子长成了人，倒还不知不觉并没有操多少心。幺细的桑秧也种得那么大，可就不同。黄财发会背给你听：这十来年里头，他在那些小桑树身上灌了多少心血；不但是心血，还花了钱呢！他有两次买了河泥来壅肥这块用枯了的地。十年来，他和两个儿子轮换着到镇上去给镇里人家挑水换来的灰，也几乎全都用在这块桑地。

现在好了，新桑地就像一个壮健的女人似的。去年已经给了他三四十担叶，就可惜茧价太贱，叶价更贱得不成话儿。

这是日本兵打上海那一年的事。

这一年，黄财发的邻舍李老四养蚕亏本，发狠把十来棵老桑树都砍掉了，空出地面来改种烟片。虽则是别人的桑树，黄财发看着也很心痛。他自然知道烟片一担卖得好时就有二三十块，这跟一块钱三担的叶价真是不能比。然而他看见好好的桑树砍做柴烧，忍不住要连声说："罪过！罪过！"

接连又是一年"蚕熟"，那时候，黄财发的新桑地却变成了他的"命根"：人家买贵叶给蚕吃，黄家是自吃自。但是茧子卖不起钱，黄财发只扯了个够本。

"早晓得这样，自家不养蚕，卖卖叶，多么好呢！"黄财发懊悔得什么似的；这笔损失账，算来算去算不清。

下一年就发狠不养蚕了，专想卖叶。然而作怪，叶价开头就贱到不成话儿。四五十人家的一个村坊，只有五六家养蚕，而且都是自己有叶的。邻村也是如此。镇上的"叶行"是周围二三百里范围内桑叶"买""卖"的总机关，但这一年叫作"有秤无市"。最初是一元两担的时候，黄财发舍不得卖，后来跌到一元四担，黄财发想卖也卖不脱手。

十多年来的"如意算盘"一朝打翻了！

要是拿这块桑地改种了烟叶，一年该有多少好处呢？四担的收成是有的吧？一担只算二十块钱，也有这些……黄财发时常转着这样的念头。一空下来，他就去巡视他的新桑地。他像一个顶可恶的收租米人似的，居心挑剔那些新桑树。他摇动每一棵桑树的矮身子，他仔细看那些皱皮上有没有虫蛀；他末了只是摇头叹气。这些正在壮年的新桑树一点"败象"也没有！要是它们有点"败象"，黄财发那改种烟叶的念头就会决定。

他又恨这些新桑树，又爱这些新桑树。他看着这些变不出钱来的新桑树，真比逃走了一个养大到十八九岁的童养媳还要生气！

而况他现在的光景也比不上十年前了。十年前他还能够"白搁着"这块地，等它过了十年再生利。现在他却等不及。他负了债，他要钱来完粮缴捐呢！

但是烟叶在村坊里的地盘却一天一天扩大了。等到黄财发一旦下了决心，那烟片的价钱也会贱到不像话儿吧？不过黄财发是想不到那么远的。如果他能想到那么远，他就会知道现在是无论什么巧法儿都不能将他的生活再"绷补"下去。

最后还得交代一句：像黄财发那样的"身家"，村坊里已经是头儿尖儿。

森林中的绅士

据说北美洲的森林中有一种"得天独厚"的野兽，这就是豪猪，这是"森林中的绅士"！

这是在头部，背部，尾巴上，都长着钢针似的刺毛的四足兽，所谓"绅士相处，应如豪猪与豪猪，中间保持相当的距离"，就因为太靠近了彼此都没有好处。不过豪猪的刺还是有形的，绅士之刺则无形，有形则长短有定，要保持相当的距离总比无形者好办些，而这也是摹仿豪猪的绅士们"青出于蓝"的地方。

但豪猪的"绅士风度"之可贵，尚不在那一身的钢针似的刺毛。它是矮胖胖的，一张方正而持重的面孔，老是踱着方步，不慌不忙。它的潇洒悠闲，实在也到了殊堪钦佩的地步：可以在一些滋味不坏的灌木丛中玩上一个整天，很有教养似的边走边哼，逍遥自得，无所用心，宛然是一位乐天派。它不喜群的生活，但也并非完全孤独，由此可见它在"待人接物"上多么有分寸。

若非万不得已，它决不旅行，整年整季，它的活动范围不出三四里地。一连几星期，它只在三四棵树上爬来爬去；它躺在树枝间，从容自在地啃着树皮，啃得倦了，就打个瞌睡；要是睡中一个不小心倒栽下来，那也不要紧，它那件特别的长毛大衣会保护它的尊躯。

它也不怕跌落水里去，它全身的二万刺毛都是中空的，它好比穿了件救生衣，一到水里，自会浮起来的。

而这些空心针似的刺毛又是绝妙的自卫武器，别的野兽身上要是刺进了几十枚这样的空心针，当然会有性命之忧，因为这些空心针是角质的，刺进了温湿的肌肉，立刻就会发胀，而且针上又遍布了倒钩，倒钩也跟着胀大，倒钩的斜度会使得那针愈陷愈深。因此，遇到外来的攻击时，豪猪的战术是等在那里"挨打"，让敌人自己碰伤，知难而退。因为它那些刺毛只要轻轻一碰就会掉落，而又因其尖利非凡，故一碰之下未有不刺进皮肉的。

然而具有这样头等的自卫武器的它，却有老大的弱点：肚皮底下没刺毛，这是不设防地带，小小的老鼠只要能够设法钻到豪猪的肚皮底下，就是胜利者了。但尤其脆弱者，是豪猪的鼻子。一根棍子在这鼻尖上轻轻敲一下，就是致命的。这些弱点，豪猪自己知道得很清楚；所以遇到敌人的时候，它就把脑袋塞在一根木头下面，这样先保护好它那脆弱的鼻子，然后四脚收拢，平伏地面，掩蔽它那不设防的腹部，末了，就耸起浑身的刺毛，摆好了"挨打"的姿势。当然，它还有一根不太长然而也还强壮有力的尾巴（和它身长比较，约为五与一之比），真是一根狼牙棒，它可以左右挥动，敌人要是挨着一下，大概受不住；可是这根尾巴的挥动因为缺乏一双眼睛来指示目标，也只是守势防御而已。

敌人也许很狡猾，并不进攻，却悄悄地守在旁边静候机会，那时候，豪猪不能不改变战术了。它从掩蔽部抽出了鼻子，拼命低着头（还是为的保护鼻子），倒退着走，同时猛烈挥动尾巴，这样"背进"到了最近一棵树，它就笨拙地往上爬，爬到了相当高度，自觉已无危险，便又安安逸逸躺在那里啃起嫩枝来，好像根本没有发生过什么事情似的。

这真是典型的绅士式的"镇静"。的的确确，它的一切生活方式——连它的战术在内，都是典型的绅士式的。但正像我们的可敬的绅士们尽管"得天独厚"，优游自在，却也常常要无病呻吟一样，豪猪也喜欢这调门。好好地它会忽然发出了声音摇曳而凄凉的哀号，单听那声音，你以为这位"森林中的绅士"一定是碰到绝大的危险，性命就在顷刻间了；然而不然。它这时安安逸逸坐在树梢上，方正而持重的脸部照常一点表情也没有，可是它独自在哀啼，往往持续至一小时之久，它这样无病而呻吟是玩玩的。

据说向来盛产豪猪的安地郎达克山脉，现在也很少看见豪猪了，以至美国地方政府不得不用法令来保护它了。为什么这样"得天独厚"，具有这样巧妙自卫武器的豪猪会渐有绝种之忧呢？是不是它那种太懒散而悠闲的生活方式使之然呢？还是因为它那"得天独厚"之处存在着绝大的矛盾——几乎无敌的刺毛以及毫无抵抗力的暴露着的鼻子——所以结果仍然于它不利呢？

我不打算在这里来下结论，可是我因此更觉得豪猪的"生活方式"叫人看了寒心。

1945 年 5 月 21 日

故乡杂记·半个月的印象

天气骤然很暖和，简直可以穿"夹"。乡下人感谢了天公的美意，看看米瓮里只剩得几粒，不够一餐粥，就赶快脱下了身上的棉衣，往当铺里送。

在我的故乡，本来有四个当铺；他们的主顾最大多数是乡下人。但现在只剩了一家当铺了。其余的三家，都因连年的营业连"官利都打不到"，就乘着大前年太保阿书部下抢劫了一回的借口，相继关了门了。仅存的一家，本也"无意营业"，但因那东家素来"乐善好施"，加以省里的民政厅长（据说）曾经和他商量"维持农民生计"，所以竟巍然独存。然而今年的情形也只等于"半关门"了。

这就是一幅速写——

早晨七点钟，街上还是冷清清的时候，那当铺前早已挤满了乡下人，等候开门。这伙人中间，有许多是天还没亮足，就守候在那里了。他们并没有什么值钱的东西。身上刚剥下来的棉衣，或者预备秋天嫁女儿的几丈土布，再不然——那是绝无仅有的了，去年直到今年卖来卖去总是太亏本因而留下来的半车丝。他们带着的这些东西，已经是他们财产的全部了，不是因为锅里等着米去煮饭，他们未必就肯送进当铺，永远不能再见面。（他们当了以后永远不能取赎，也许就是当铺营业没有利益的一个原因

93

罢?）好容易等到九点钟光景，当铺开门营业了，这一队在饥饿线上挣扎的人们就拼命地挤轧。当铺到十二点钟就要"停当"，而且即使还没到十二点钟，却已当满了一百二十块钱，那也就要"停当"的；等候当了钱去买米吃的乡下人，因此不能不拼命挤上前。

挤了上去，抖抖索索地接了钱又挤出来的人们就坐在沿街的石阶上喘气，苦着脸。是"运气好"，当得了钱了；然而看着手里的钱，不知是去买什么好。米是顶要紧，然而油也没有了，盐也没有了；盐是不能少的，可是那些黑滋滋像黄沙一样的盐却得五百多钱一斤，比生活程度最高的上海还要贵些。这是"官"盐；乡村里有时也会到贩私盐的小船，那就卖一块钱五斤，还是二十四两的大秤。可是缉私营厉害，乡下人这种吃便宜盐的运气，一年内碰不到一两回的。

看了一会儿手里的钱，于是都叹气了。我听得了这样的对话在那些可怜的焦黄脸中间往来：

"四丈布吧！买棉纱就花了三块光景，当当布，只得两块钱！"

"再多些也只当得两块钱——两块钱封关！"

"阿土的爷那半车丝，也只喝了两块钱；他们还说不要。"

不要丝呵！把蚕丝看成第二生命的我们家乡的农民做梦也没有想到他们这第二生命已经进了鬼门关！他们不知道上海银钱业都对着受抵的大批陈丝陈茧皱眉头，是说"受累不堪"！他们更不知道此次上海的战争更使那些搁浅了的中国丝厂无从通融款项来开车或收买新茧！他们尤其不知道日本丝在纽约抛售，每包合关平银五百两都不到，而据说中国丝成本少算亦在一千两左右呵！

这一切，他们辛苦饲蚕，把蚕看作比儿子还宝贝的乡下人是不会知道的，他们只知道祖宗以来他们一年的生活费靠着上半年的丝茧和下半年田里的收成；他们只见镇上人穿着亮晃晃的什么"中山绉""明华葛"，他们却不知道这些何尝是用他们辛苦饲养的蚕丝，反是用了外国的人造丝或者是比中国丝廉价的日本丝呀！

遍布于我的故乡四周围，仿佛五步一岗、十步一哨的那些茧厂，此刻虽然是因为借驻了兵，没有准备开秤收茧的样子，可是将要永远这样冷关着，不问乡下人卖茧子的梦是做得多么好！

但是我看见这些苦着脸坐在沿街石阶上的乡下人还空托了十足的希望在一个月后的"头蚕"。他们眼前是吃尽当完，差不多吃了早粥就没有夜饭，然而他们饿里梦里决不会忘记怎样转弯设法，求"中"求"保"，借这么一二十块钱来作为一个月后的"蚕本"的！他们看着那将近"收蚁"的黑霉霉的"蚕种"，看着桑园里那"桑拳"上一撮一丛绿油油的嫩叶，他们觉得这些就是大洋钱，小角子，铜板；他们会从心窝里漾上一丝笑意来。

我们家有一位常来的"丫姑老爷"——他的女人从前是我的祖母身边的丫头，我想来应该尊他为"丫姑老爷"庶几合式，就是怀着此种希望的。他算是乡下人中间境况较好的了，他是一个向来小康的自耕农，有六七亩稻田和靠廿担的"叶"。他的祖父手里，据说还要"好"；账簿有一叠。他本人又是非常勤俭，不喝酒，不吸烟，连小茶馆也不上。他使用他的田地不让那田地有半个月的空闲。我们家那"丫小姐"，也委实精明能干，粗细都来得。凭这么一对儿，照理该可以兴家立业的了；然而不然，近年来也拖了债了。可不算多，大大小小百十来块罢？他希望在今年的"头蚕"里可以还清这百十来块的债。他向我的婶娘"掇转"二三十元，预备乘这时桑叶还不贵，添买几担叶。（我们那里称这样的"期货叶"为"赊叶",不过我不大明白是否这个"赊"字。）我觉得他这"希望"是筑在沙滩上的，我劝他还不如待价而沽他自己的廿来担叶，不要自己养蚕。我把养蚕是"危险"的原因都说给他听了，可是他沉默了半晌后，摇着头说道：

"少爷！不养蚕也没有法子想。卖叶呵，廿担叶有四十块卖算是顶好了。一担茧子的'叶本'总要廿担叶，可是去年茧子价钱卖到五十块一担。只要蚕好！到新米收起来，还有半年；我们乡下人去年的米能够吃到立夏边，算是难得的了，不养蚕，下半年吃什么？"

"可是今年茧子价钱不会像去年那样好了！"

我用了确定的语气告诉他。

于是这个老实人不作声了，用他的细眼睛看看我的面孔，又看看地下。

"你是自己的田，去年这里四乡收成也还好，怎么你就只够吃到立夏边呢？而且你又新背了几十块钱债？"

我转换了谈话的题目了。可是我这话刚出口，这老实人的脸色就更加难看——我猜想他几乎要哭出来。他叹了口气说：

"有是应该还有几担，我早已当了。镇里东西样样都贵了，乡下人田地里种出来的东西却贵不起来，完粮呢，去年又比前年贵——一年一年加上去。零零碎碎又有许多捐，我是记不清了。我们是拼命省，去年阿大的娘生了个把月病，拼着没有看郎中吃药——这么着，总算不过欠了几十洋钿新债。今年蚕再不好，那就——"

他顿住了，在养蚕这一项上，乡下人的迷信特别厉害，凡是和蚕有关系的不吉利字面，甚至同音字，他们都忌讳出口的。

我们的谈话就此断了。我给这位"丫姑老爷"算一算，觉得他的自耕农地位未必能够再保持两三年。可是他在村坊里算是最

"过得去"的。人家都用了羡妒的眼光望着他：第一，因为他不过欠下百十来块钱债；第二，他的债都是向镇上熟人那里"掇转"来，所以并没花利息。在这一点上，不能不说这位聪明的"丫姑老爷"深懂得"理财"方法，便做一个财政总长好像也干得下：他仗着镇上有几个还能够过得去的熟人，就总是这里那里十元二十元地"掇"，他的期限不长，至多三个月，"掇"了甲的钱去还乙，又"掇"了丙的钱去还甲，这样用了"十个缸九个盖"的方法，他不会到期拖欠，他就能够"掇"而不走付利息的"借"那一条路了；可是他的开支却不能不一天一天大，他的进项却没法增加，所以他的债终于也是一年多似一年。他是在慢性地走上破产！也就是聪明的勤俭的小康的自耕农的无可避免的命运了！

后来我听说他的蚕也不好，又加以茧价太贱，他只好自己缫丝了，但是把丝去卖，那就简直没有人要；他拿到当铺里，也不要，结果他算是拿丝进去换出了去年当在那里的米，他赔了利息，可是这掉换的标准是一车丝换出六斗米，照市价还不到六块钱！

东南富饶之区的乡下人生命线的蚕丝，现在是整个儿断了！

然而乡下人间接的负担又在那里一项一项地新加出来。上海虽然已经"停战"，可是为的要"长期抵抗"，向一般小商人征收的"国难捐"就来了。照告示上看，这"国难捐"是各项捐税照加二成，六个月为期。有一个小商人谈起这件事，就哭丧着脸说：

"市面已经冷落得很。小小镇头，旧年年底就倒闭了廿多家铺子。现在又加上这国难捐，我们只好不做生意。"

"国难！要是上海还在那里打仗，这捐也还有个名目！"

又一个人说：我认识这个人，是杂货店的老板。他这铺子，据我所知，至少也有三十年的历史；可是三十年来从他的父亲到他手里，这铺子始终是不死不活，若有若无。现在他本人是老板，他的老婆和母亲就是店员——不，应该说他之所以名为老板，无非因为他是一家中唯一的男子，他并不招呼店里的事情，而且实在亦无须他招呼；他每天的生活就是到处跑，把镇上的"新闻"或是轮船埠上客人从外埠带来的新闻，或是长途电话局里所得的外埠新闻，广播台似的告诉他所有的相识者——他是镇上义务的活动"两脚新闻报"。此外，他还要替几个朋友人家帮衬婚丧素事，甚至于日常家务。他就是这么一位身子空、心肠热的年轻人。每天他的表情最严肃的时候是靠在别家铺子的柜台上借看那隔天的上海报纸。

当时我听了他那句话，我就想到他这匆忙而特别的生活与脾气，我忍不住心里这么想：要是他放在上海，又碰着适当的环境，那他怕不是鼎鼎大名交际博士黄警顽先生第二！

"能够只收六个月，也就罢了；凶在六个月期满后一定还要延期！"

原先说话的那位小商人表示了让步似的又加这一句。我就问道：

"可是告示上明明说只收六个月？"

"不错，六个月！期限满了以后，我们商会就捏住这句话可以不付。可是他们也有新法子：再来一个新名目——譬如说'省难捐'罢，反正我们的'难'天天有，再多收六个月的二成！捐加了上去，总不会减的，一向如此！"

那小商人又愤愤地说。他是已经过了中年还算过得去的商人，六个月的附捐二成，在他还可以忍痛应付，他的愤愤和悲痛是这附捐将要永远附加。我们那位"两脚新闻报"却始终在那里哗然争论这"国难捐"没有名目。他对我说：

"你说是不是：已经不打东洋人了，还要来抽捐，那不是太岂有此理？"

"还要打呢！刚才县里来了电话，有一师兵要开来，叫商会里预备三件事：住的地方，困的稻草，吃的东西！"

忽然跑来了一个人插进来说。于是"国难捐"的问题就无形搁置，大家都纷纷议论这一师兵开来干什么。难道要守这镇么？不像！镇虽然是五六万人口的大镇，可是既没有工业，也不是商业要区，更不是军事上形胜之地，日本兵如果要来究竟为的什么？有人猜那一师兵从江西调来，经过湖州，要开到"前线"去，而这里不过是"过路"罢了。这是最"合理"的解释，汹汹然的人心就平静了几分。

然而军队是一两天内就会到的；三件事——住的地方，困的稻草，吃的东西，必须立刻想法。是一师兵呢，不是玩的。住，还有办法，四乡茧厂和寺庙，都可以借一借；困的稻草，有点勉强了，就是"吃"没有办法。供应一万多人的伙食，就算一天罢，也得几千块钱呀！自从甲子年以来，镇上商会办这供应过路军队酒饭的差使，少说也有十次了；没一次不是说"相烦垫借"，然而没一次不是吃过了揩揩嘴巴就开拔，没有方法去讨。向来"过路"的军队，少者一连人，至多不过一团，一两天的酒饭，商店公摊，照例四家当铺三家钱庄是每家一百，其余十元二十元乃至一元两元不等，这样就应付过去了。但现在当铺只剩一个，钱庄也少了一家（新近倒闭了一家），出钱的主儿是少了，兵却多，可怎么办呢？听说商会讨论到半夜，结果是议定垫付后在"国难捐"项下照扣。他们这一次不肯再额外报效了！

到第二天正午，"两脚新闻报"跑来对我说道：

"气死人呢！总当做是开出去帮助十九路军打东洋人，哪里知道反是前线开下来的。前线兵多，东洋人有闲话，停战会议要弄僵，所以都退到内地来了。这不是笑话？"

听说不是开出去打东洋人，我并不觉得诧异；我所十分惊佩的是镇上的小商人办差的手腕居然非常敏捷，譬如那足够万把人困觉的稻草在一夜之间就办好了。到他们没有了这种咄嗟立办的能力时，光景镇上的老百姓也已流徙过半罢？——我这么想。

又过了一个下午又一夜，县里的电话又来：说是那一师人临时转调海宁，不到我们镇上来了。于是大家都松一口气：不来顶好！

却是因为有了这一番事，商会里对于国难捐提出了一个小小的交换条件——不是向县里或省里提出，而是向本镇的区长和公安局长。这条件是：年年照例有的"香市"如果禁止，商界就不缴国难捐。

"香市"就是阴历三月初一起，十五日为止的土地庙的"庙会"式的临时市场。乡下人都来烧香，祈神赐福，——蚕好，趁便逛一下。在这香市中，有各式卖耍货的摊子，各式打拳头变戏法傀儡戏髦儿戏等等；乡下人在此把口袋里的钱花光，就回去准备那辛苦的蚕事了。年年当这"香市"半个月工夫，镇上铺子里的生意也带联热闹。今年为的地方上不太平，所以早就出示禁止，现在商会里却借国难捐的题目要求取消禁令，这意思就是：给我们赚几文，我们才能够付捐。换一句话是：我们可生不出钱来，除非在乡下人身上想法。而用"香市"来引诱乡下人多花几文，当然是文明不过的办法。

"香市"举行了，但镇上的商人们还是失望。在饥饿线上挣扎的乡下人再没有闲钱来逛香市，他们连日用必需品都只好拼着不用了。

我想：要是今年秋收不好，那么，这镇上的小商人将怎么办哪？他们是时代转变中的不幸者，但他们又是彻头彻尾的封建制度拥护者；虽然他们身受军阀的剥削，钱庄老板的压迫，可是他们唯一的希望就是把身受的剥削都如数转嫁到农民身上。农民是他们的衣食父母。他们盼望农民有钱就像他们盼望自己一样。然而时代的轮子以不可阻挡的力量向前转，乡镇小商人的破产是不能以年计，只能以月计了！

我觉得他们比之农民更其没有出路。

（原载《现代》月刊第 1 卷第 2、3、4 期，1932 年 6 月 1 日、7 月 1 日、8 月 1 日出版）

严霜下的梦

　　七八岁以至十一二岁，大概是最会做梦最多梦的时代罢？梦中得了久慕而不得的玩具；梦中居然离开了大人们的注意的眼光，畅畅快快地弄水弄火；梦中到了民间传说里的神仙之居，满攫了好玩的好吃的。当母亲铺好了温暖的被窝，我们孩子勇敢地钻进了以后，嗅着那股奇特的旧绸的气味，刚合上了眼皮，一些红的、绿的、紫的、橙黄的、金碧的、银灰的，圆体和三角体，各自不歇地在颤动，在扩大，在收小，在漂浮的，便争先恐后地挤进我们孩子的闭合的眼睑；这大概就是梦的接引使者罢？从这些活动的虹桥，我们孩子便进了梦境；于是便真实地享受了梦国的自由的乐趣。

　　大人们可就不能这么常有便宜的梦了。在大人们，夜是白天勤劳后的休息；当四肢发酸，神经麻木，软倒在枕头上以后，总是无端地便失了知觉，直到七八小时以后，苏生的精力再机械地唤醒他，方才揉了揉睡眼，再奔赴生活的前程。大人们是没有梦的！即使有了梦，那也不过是白天忧劳苦闷的利息，徒增醒后的惊悸，像一篇好的悲剧，夸大地描出了悲哀的组织，使你更能意识到而已。即使有了可乐意的好梦，那又还不是睡谷的恶意的孩子们来嘲笑你的现实生活里的失意？来给你一个强烈的对比，使你更能意识到生活的愁苦？

能够真心地如实地享乐梦中的快活的，恐怕只有七八岁以至十一二的孩子罢？在大人们，谁也没有这等廉价的享乐罢？说是尹氏的役夫曾经真心地如实地享受过梦的快乐来，大概只不过是伪《列子》杂收的一段古人的寓言罢哩。在我尖锐的理性，总不肯让我跌进了玄之又玄的国境，让幻想的抚摸来安慰了现实的伤痕。我总觉得，梦，不是来挖深我的创痛，就是来嘲笑我的失意；所以我是梦的仇人，我不愿意晚上再由梦来打搅我的可怜的休息。

但是惯会揶揄人们的顽固的梦，终于光顾了；我连得了几个梦。

——步哨放得多么远！可爱的步哨呵：我们似曾相识。你们和风雨操场周围的荷枪守卫者，许就是亲兄弟？是的，你们是。再看呀！那穿了整齐的制服，紧捏着长木棍子的小英雄，够多么可爱！我看见许多认识的和不认识的面孔，男的和女的，穿便衣的和穿军装的，短衣的和长褂的：脸上都耀着十分的喜气，像许多小太阳。我听见许多方言的急口的说话，我不尽懂得，可是我明白——真的，我从心底里明白他们的意义。

——可不是？我又听得悲壮的歌声，激昂的军乐，狂欢的呼喊，春雷似的鼓掌，沉痛的演说。

——我看见了庄严，看见了美妙，看见了热烈；而且，该是一切好梦里应有的事吧，我看见未来的憧憬凝结而成为现实。

——我的陶醉的心，猛击着我的胸膈。呀！这不客气的小东西，竟跳出了咽喉关，即使我的两排白灿灿的牙齿是那么壁垒森严，也阻不住这猩红的一团！它飞出去了，挂在空间。而且，这分明是荒唐的梦了，我看见许多心都从各人的嘴唇边飞出来，都挂在空间，连结成为红的热的动的一片；而且，我又见这一片上显出字迹来。

——我空着腔子，努力想看明白这些字迹；头是最先看见："中国民族革命的发展"。尾巴也映进了我的眼帘："世界革命的三大柱石"。可是中段，却很模糊了；我继续努力辨识，忽然，轰！屋梁凭空掉下来。好像我也大叫了一声；可是，以后，什么都不知道，什么都已消灭！

我的脸，像受人批了一掌；意识回到我身上；我听得了扑扑的翅膀声，我知道又是那不名誉的蝙蝠把它的灰色的似是而非的翼子扇了我的脸。

"呔！"我不自觉地喊出来。然后，静寂又回复了统治；我只听得那小东西的翅膀在凝冻的空气中无目的地乱扑。窗缝中透进了寒光，我知道这是肃杀的严霜的光，我翻了个身，又沉沉地负气似的睡着了。

——好血腥呀，天在雨血！这不是宋王皮囊里的牛羊狗血，是真正老牌的人血。是男子颈间的血，女人的割破的乳房的血，小孩子心肝的血。血，血！天开了窟窿似的在下血！青绿的原野，染成了绛赤。我撩起了衣裾急走，我想逃避这还是温热的血。

——然后，我又看见了火。这不是 Nero 烧罗马引起他的诗兴的火！这是地狱的火；这是 Surtr 烧毁了空陆冥三界的火！轰轰的火柱卷上天空，太阳骇成了淡黄脸，苍穹涨红着无可奈何似的在那里挺挨。高高的山岩，熔成了半固定质，像饧糖似的软摊开来，填平了地面上的一切坎坷。而我，我也被胶结在这坦荡荡的硬壳下。

"呔！"

冷空气中震颤着我这一声喊。寒光从窗缝中透进来，我知道这还是别人家瓦上的严霜的光亮，这不是天明的曙光；我不管事似的又翻了个身，又沉沉地负气似的睡着了。

——玫瑰色的灯光，射在雪白的臂膊上；轻纱下面，颤动着温软的乳房，嫩红的乳头像两粒诱人馋吻的樱桃。细白米一样的齿缝间淌出 Sirens 的迷魂的音乐。可爱的 Valkyrs，刚从血泊里回来的 Valkyrs，依旧是那样美妙！三四辈少年，围坐着谈论些什么；他们的眼睛闪出坚决的牺牲的光。像一个旁观者，我完全迷乱了。我猜不透他们是准备赴结婚的礼堂呢，抑是赴坟墓？可是他们都高兴地谈着我所不大明白的话。

　　——"到明天……"

　　——"到明天，我们不是死，就是跳舞了！"

　　——我突然明白了；同时，我的心房也突然缩紧了；死不是我的事，跳舞有我的份儿么？像小孩子牵住了母亲的衣裙要求带赴一个宴会似的，我攀住了一只臂膊。我祈求，我自讼。我哭泣了！但是，没有了热的活的臂膊，却是焦黑的发散着烂肉臭味的什么了——我该说是一条从烈火里掣出来的断腿罢？我觉得有一股铅浪，从我的心里滚到脑壳。我听见女子的歇斯底里的喊叫，我仿佛看见许多狼，张开了利锯样的尖嘴，在撕碎美丽的身体。我听得愤怒的呻吟。我听得饱足了兽欲的灰色东西的狂笑。

　　我惊悸地抱着被窝一跳，又是什么都没有了。

　　呵，还是梦！恶意的揶揄人的梦呵！寒光更强烈地从窗缝里探进头来，嘲笑似的落在我脸上；霜华一定是更浓重了，但是什么时候天才亮呀？什么时候，Aurora 的可爱的手指来赶走凶残的噩梦的统治呀？

　　　　　　　　　　　　　　　1928 年 1 月 12 日于荷叶地

（原载《文学周刊》第 6 卷第 2 期，1928 年 2 月 5 日出版）

从半夜到天明

京沪线，××站到××站那一段。

夜间。一时到三时。没有星，没有月亮。日历翻过了一页，展示着十二月二十五日。

半个世界在睡梦中。然而在睡梦中的半个世界上有人不睡，正在忙着。

没有月亮，也没有星；白的雪铺盖了原野，也铺盖了铁轨。京沪线，这交通的动脉上，没有照常来往的客货车和花车，已经有两天半。

京沪线，这交通的动脉硬化了；机关车被罚立壁角，分道夫被放了假；车站上冷清清地，没有旅客，也没有站长，也没有工役。京沪线动脉硬化，已经有两天半。因为有青年的血，数千青年爱国的热血，纯洁的血，正要通过这硬化了的动脉。

一个赤血轮——一架拖着壮烈的列车的机关车，在夜的黑暗里，在白雪的寒光下，在没有分道夫，没有扬旗的引导的死沉沉的路线上，向西挣扎。

轰轰轰！隆隆隆！硬化的动脉上，机关车在挣扎。它愤怒地吼着，然而它不能不小心地慢慢地走着。两三队的青年提了灯在前面压道。十余人一队的两三队青年，两三天没有吃饱，没有吃咸的，两三天没有睡。

"前面路轨又被掘断了！"冷的黑的夜气中颤动着这一声叫喊。

嘘！嘘！嘘！——机关车"嘘"着，就停止了。四五个灯火，十倍四五个的人影，从车厢里飞了出来，飞扑到机关车前，再一直飞扑向前！"找铁轨呵！"车厢里更多的人动员。冷而黑的夜，白皑皑的雪地上，满布了无数的足印。

三段铁轨悄悄地躲在路旁坑里，被发现了，被俘虏了来。另一段铁轨也被发现了，在冰冻的小河，露出无知的铁头。

"就是藏在地狱里也要把它拖出来！"纠察队的叫喊。

扑通，扑通！光身子的纠察队跳进冰冻的河水里，抓着了冰冻的钢轨！

没有星，没有月亮。半个世界在睡梦中。然而在睡梦中的半个世界上，在死了似的京沪线上，有人是不知道睡的，有人是两三天不愿意睡的！

同在这时候，在京沪线东端的上海，也有另一班人不愿意睡觉。

因为这是"耶稣圣诞狂欢节"。挺大的"客满"的布告早挂在跳舞场门口。神秘的灯光下，一对对的男女挤成了人山。这里是"高等华人"的展览会。银行家，大商人，名律师，小开……耶稣圣诞，一年一度，跳舞场特许延长时间，"高贵"的人们都来作一次长夜之欢。

二十四，二十五，二十六，三天的跳舞场通宵达旦，三夜的营业可以补偿不景气的一年。

从黄昏跳到天亮，在上海的无数跳舞场里也有几千人不睡，几千人"忙"了个整夜。然而完了。音乐停止了。狂欢的人们只好暂时离开了舞场，回家去——睡觉。

凄雨淅淅地下着。一个铅色的天。

舞场门前最后一辆流线型的汽车啵的一声开走了，车里一男一女，头碰头，手挽手，闭着眼。

同是这时候，京沪线的苏州站到了那挣扎一夜的列车了。一夜的在雪地里寻铁轨，修路，挨饿，忍冻。然而这几千个没有睡觉的人在忙着加水，忙着准备再向西开，忙着准备再是一夜的不睡，在雪地里修路，寻铁轨。

同是这时候，京沪线的昆山站上又有另一些人在忙着设法使得被阻在那里的又一列车的青年回上海来。两中队的保安队忽然跑在轨道中，结成个密密的方阵，挡在那列车的前面。

也是这时候，上海南市有几百个青年在冒雨游行演说。

也是这时候，上海北四川路刮刮刮地驶过了三四架装甲车，机关枪手头上的钢盔从钢的圆车顶的开处露出半个。车身是青灰色，绘着个"血"字般的旭日。

同在这北四川路，在电车站旁有一位矮绅士展开一张《日日新闻》，上面有一条大字新闻："海军特别陆战队的大规模演习"。

(原载《永生》周刊第 1 卷第 4 号，1936 年 3 月 28 日出版)

开 荒

　　让我们来想象一下：亿万年以前，地壳的一次变动，把高高低低的位置，全改了个样；亚洲中部腹地有那么一长条，本来是个内海，却突然变成了高原了。于是——在亿万年的悠久岁月中，从北方吹来的定期的猛风，将黄色的轻尘夹带了来，落在这高原上，犹如我们的书桌隔一天会积一片尘埃；于是——悠久的亿万年中，这黄色的轻尘竟会积累得那么多，那么厚，足够担负千万人类生息的任务。

　　这就是我们今天叫作西北黄土高原的。

　　你以为这是神话么？随你高兴怎么想就怎么想罢。但这是人类的智慧现在所达到的最科学的假说，这是有土里发现的一些化石贝壳来给这"假说"撑腰；而且，黄土高原之赫然雄踞在那里，可真是百分之百的现实呵！

　　让我们再来想象一下：又是亿万年以前，或许是这高原的史前，洪荒世界的主人翁——大爬虫，比现在的一列火车还长还大的爬虫（蜥蜴），曾在这个地方蕃息，昂首阔步；巨大的羊齿类植物曾在这个地方生长，浓绿密布；那时候，不是现在那样童山濯濯。

　　你以为这是神话么？随你高兴怎么想就怎么想罢。但是，大爬虫的遗骸，就在前年被掘出来了；这是偶然的发现，打窑洞的时候掘得了一节，后来就从旁再打数洞，又得了数节。现在这遗骸就陈列在延安边区政府，这是现实！

最后，让我们再作一次"想象"：在这苦寒的黄土高原，现在有怎样的人们在干怎样的事？有说各种方言的，各种家庭出身的，经过各种社会生活的青年男女，在那里"开荒"。曾经是摘粉搓脂的手，曾经是倚翠偎红的臂，现在都举起古式的农具，在和那亿万年久的黄土层搏斗——"增加生产"，一个燃烧了热情的口号！而且还有另一面的"开荒"——扫除文盲，实行民主，破除迷信，发展文艺，提倡科学……

你以为这是神话么？随你爱怎么想就怎么想罢！然而，正像黄土高原是现实一样，这也是现实，活生生的现实呵！

从前，大自然的力量，曾经创造了这黄土高原；如今，怀抱着崇高理想的人们，正在改造这黄土高原。信不信由你，然而这都是现实！

（原载《笔谈》半月刊第 6 期，1941 年 11 月 16 日出版）

我所见的辛亥革命

辛亥革命那年，我在 K 府中学读书。校长是革命党，教员中间也有大半是革命党；但这都是直到 K 府光复以后他们都做了"革命官"，我们学生方才知道。平日上课的时候，他们是一点革命色彩都没有流露过。那时的官府大概也不注意他们。因为那时候革命党的幌子是没有辫子，我们的几位教员虽则在日本留学的时候早把辫子剪掉，然而他们都装了假辫子上课堂，有几位则竟把头发留得尺把长，连假辫子都用不到了。

有一位体操教员是台州人，在教员中间有"憨大"之目。"武汉起义"的消息传来了以后，是这位体操教员最忍俊不住，表示了一点兴奋。他是唯一的不装假辫子的教员。可是他平日倒并不像那几位装假辫子教员似的，热心地劝学生剪发。在辛亥那年春天，已经有好几个学生为的说出了话不好下台，赌气似的把头发剪掉了。当时有两位装假辫子的教员到自修室中看见了，曾经拍掌表示高兴。但后来，那几位剪发的同学，到底又把剪下来的辫子钉在瓜皮帽上，就那么常常戴着那瓜皮帽。辫子和革命的关系，光景我们大家都有点默喻。可是我现在不能不说，我的那几位假辫子同学在那时一定更感到革命的需要。因为光着头钻在被窝里睡了一夜何等舒服，第二天起来却不得不戴上那顶拖尾巴的瓜皮帽，还得时时提防顽皮的同学冷不防在背后揪一把，这样的情形，请你试想，还忍受得下么，还能不巴望革命赶快来么？

所以武汉起义的消息来了后，K府中学的人总有一大半是关心的。那时上海有几种很肯登载革命消息的报纸。我们都很想看这些报纸。不幸K城的派报处都不敢贩卖。然而装假辫子的教员那里，偶尔有一份隔日的，据说是朋友从上海带来的，宝贝似的不肯轻易拿给学生们瞧，报上有什么消息，他们也不肯多讲。平日他们常喜欢来自修室闲谈，这时候他们有点像要躲人了。

只有那体操教员是例外。他倒常来自修室中闲谈了。可是他所知道的消息也不多。学生们都觉得不满足。

忽然有一天，一个学生到东门外火车站上闲逛，却带了一张禁品的上海报。这比哥伦布发现了新大陆还轰动！许多好事的同学攒住了那位"哥伦布"盘问了半天，才知道那稀罕的上海报是从车上茶房手里转买来的。于是以后每天就有些热心的同学义务地到车站上守候上海车来，钻上车去找茶房。不久又知道车上的茶房并非偷贩违禁的报，不过把客人丢下的报纸拾来赚几个"外快"罢了。于是我们校里的"买报队"就直接向车上的客人买。

于是消息灵通了，天天是胜利。然而还照常上课。体操教员也到车站上去"买报"。有一次，我和两三个同学在车站上碰到了他，我们一同回校；在路上，他操着半乡音官话的"普通话"忽然对我们说：

"现在，你们几位的辫子要剪掉了！"

说着，他就哈哈大笑。

过后不多几天，车站上紧起来了，"买报"那样的事，也不行了。但是我们大家好像都得了无线电似的，知道那一定是"着着胜利"。城里米店首先涨价。校内的庶务员说城里的存米只够一月，而且学校的存米只够一礼拜，有钱也没处去买。

接着，学校就宣布了临时放假。大家回家。

我回到家里，才知道家乡的谣言比 K 城更多。而最使人心汹汹的是大清银行的钞票不通用了。本地的官是一个旗人，现在是没有威风了，有人传说他日夜捧着一箱子大清银行的钞票在衙门上房里哭。

上海光复的消息也当真来了。旗人官儿就此溜走。再过一天，本地的一个富家儿——出名是"傻子"而且是"新派"，——跑进小学校里拿一块白布被单当作旗挂在校门口，于是这小镇也算光复了！

这时也就有若干人勇敢地革去了辫子。

我所见的辛亥革命就这么着处处离不了辫子。

（原载 1933 年 10 月 1 日《中学生》第 38 期）

我这样教学《白杨礼赞》

李方模

　　《白杨礼赞》是茅盾散文的代表作，写于 1941 年 3 月，当时抗日战争正进入最艰苦的时期，北方人民在共产党的领导下坚强不屈，团结抗战，建立了强大的抗日根据地，给敌人以沉重的打击。茅盾以这篇散文歌颂了北方军民团结抗战、奋发向上的精神品质，进而歌颂了整个中华民族的精神品质。

　　全文先写白杨树生长的自然环境，引出作者观看的"单调"感；再写白杨树的形貌，突出它的高大、挺直和丫枝聚拢的特点；接着写白杨树的"精神品格"，点明它的象征意义；最后将白杨与"贵族化的楠木"对比，"高声赞美白杨树"。全篇以赞扬白杨树的"不平常"为抒情线索，运用象征手法，托物言志，歌唱了中华民族奋发向上的精神，同时严厉斥责了一些贱视大众的固执分子，爱憎明显，感情炽烈，有着强烈的艺术魅力。其质朴的语言，巧妙的构思，令人惊叹。品味语言，理解写法，当是本文的重点。

　　本文是托物言志的写作范例，描写了"西北极普通的"白杨树的形貌和"精神气质"，揭示了白杨树所象征的当时抗日军民的顽强意志和斗争精神，抒发了作者对白杨树的由衷赞美之情。理解文章逐层深入地揭示象征意义，是本文的难点。

本文选自部编版教材八年级上册第四单元。这是一个类型多样的散文单元，或写人记事，或阐发哲理，或写景抒情，本文则属于托物言志类散文。单元导读要求指出："要反复品味、欣赏语言，体会、理解作者对生活的感受和思考，并了解不同类型散文的特点。"

基于以上考虑，对这篇课文的教学目标和教学内容做出如下规定：

◎**确定核心教学目标**：理解白杨树的象征意义。

◎**确定支撑核心教学目标的教学内容**：

1. 在整体感知的基础上找出富有感情的语句，体味其中蕴涵的情感，赏析关键语句。

2. 学习象征的艺术手法以及排比和反问的修辞手法。

根据以上教学目标和核心教学内容的安排，教学过程主要有以下若干环节：

一、导入新课，了解背景。

1. 导入：树是大自然中一道美丽的风景，我们欣赏过"碧玉妆成一树高，万条垂下绿丝绦"的柳的风韵，我们瞻仰过"大雪压青松，青松挺且直"的松的雄姿，我们也遥望过"墙角数枝梅，凌寒独自开"的梅的倩影。这节课，我们随着茅盾的笔回到抗日战争的年代，到西北高原去走一走，看看那儿生长的白杨树是一种什么样的英姿。

2. 释题："礼"，崇敬，题目的意思是怀着崇敬的心情赞美白杨树。

3. 了解有关作家作品文学常识和写作背景。学生阅读课文注释，教师补充相关背景。

茅盾，现代著名作家，原名沈德鸿，字雁冰，出生在浙江桐乡，代表作有长篇小说《子夜》、短篇小说《春蚕》《林家铺子》等。

写作背景：《白杨礼赞》写于 1941 年 3 月，那时正处于抗日战争的相持阶段。作者欣喜地看到了广大的北方军民在共产党领导下，同心同德，团结一致，进行了艰苦卓绝的斗争，一次次地粉碎了日寇的"扫荡"，巩固和发展了敌后的抗日根据地。作者从抗日根据地人民身上看到了中华民族的前途和希望，精神振奋，满怀激情地写下了《白杨礼赞》等散文。由于当时作者生活在国民党统治区，没有言论自由，不能直抒胸臆，所以采用含蓄的象征手法来表达自己的思想感情，热情歌颂共产党领导下的抗日军民和中华民族英勇不屈的斗争精神。

二、整体感知，把握内容。

1. 教师范读全文。要求学生在听读时，听准语音语调，扫清文字障碍。

2. 学生自由朗读全文，找出文中 5 次提到白杨树的"不平凡"的语句，初步体会文章的感情，明确全文抒情线索。

明确：赞美白杨树的"不平凡"是本文的抒情线索。

3. 讨论：如何划分本文的段落层次？

总写（第 1 段）：直接抒情，赞美白杨树"不平凡"。

分写：

（第 2—4 段）：描写黄土高原景色，赞美白杨树的生长环境"不平凡"。

（第 5—6 段）：描绘白杨树，赞美它的外部形象"不平凡"。

（第 7—8 段）：揭示白杨树的象征意义，赞美它的内在气质"不平凡"。

总写（第 9 段）：将白杨树与楠木对比，再次赞美白杨树。

4. 文中的白杨树是一种怎样的树？用"白杨树是＿＿＿＿的树"的句式表达。

如"白杨树是力争上游的树""白杨树是质朴、坚强的树"
"白杨树是倔强挺立的树"……

三、品味语言，理解意义。

1. 作者开篇即说："白杨树实在是不平凡的，我赞美白杨树!"中间又几次出现意思大致相同的话。朗读这些语句，说说它们与标题有怎样的关系。

明确：第 1 段开门见山，点明文章题旨，直接抒发了对白杨树的崇敬和赞美之情，为下文定下了感情基调；中间的句子分别赞美了白杨树的生长环境、外部形象和内在气质的"不平凡"；最后一句再次赞美白杨树。这样写，多次反复，表达了作者对白杨树的高度赞美，很好地照应了文章标题。

2. 文章开篇入题，紧接着又宕开一笔，用一大段文字描写高原景象。朗读这些描写高原景象的句子，说说这样安排有什么好处。

明确：这是欲扬先抑的写法。①交代白杨树生长的环境，"雄壮""伟大"的背景，正面衬托白杨树的不平凡。②写高原单调，令人"恹恹欲睡"，这是从反面为白杨树不平凡的形象做铺垫。

3. 男女生分组朗读第 5 段描写白杨树外部形态的句子，理解：文章是从哪些角度和特点来描写白杨树的外部形态的？哪个词最能概括白杨树的形象特征？作者这样写的目的是什么？把握段内层次，品味虚实结合的描写方法。

明确：①分别从干、枝、叶、皮四个方面描写白杨树的特点。写干，突出了白杨树的直；写枝，突出了它的直而紧靠；写叶，突出了它的向上；写皮，则主要点明它"微微地泛出青色"。这是实写。②作者用"力争上游"概括了白杨树的形象特征。这是虚写。③一方面是赞美白杨树"不平凡"，另一方面也是为下文写白杨树的象征意义做铺垫。

4. 作者说白杨树是"西北极普通的一种树，然而实在是不平凡的一种树"，既"极普通"又"不平凡"，这样表达是否矛盾？结合全文说说你的理解。

明确：不矛盾。"极普通"是指白杨树在西北是一种极为常见的常规树种；"不平凡"是指它的精神气质和象征意义不一般。这样写，本身就是一种对比，在对比中突出白杨树的高大形象。

5. 朗读第7、8段，思考：白杨树有什么象征意义？作者是通过哪些语句层层深入地把这种意义揭示出来的？

明确：作者借赞美白杨树歌颂北方抗日军民。"树"——"人"（北方的农民，朴质、严肃、坚强不屈）——"哨兵"（坚强不屈、傲然挺立）——"精神和意志"（团结、力求上进）。"觉得""不想到""不联想到""不更远一点想到"，四个连续的反问句构成了一组强有力的排比句群，由浅入深，一层深一层地揭示了白杨树的象征意义。

第一句由树及人，启发人们深思不应该只觉得它是树，为下文做铺垫。第二句从白杨树的性格出发，点明白杨树"至少"象征着"朴质、严肃、坚强不屈"的北方农民。第三句从白杨树"傲然挺立"的形象出发，把它象征为在敌后坚强不屈守卫家乡的哨兵。第四句从白杨树的"靠紧团结，力求上进"的品质出发，把它象征为在中国共产党领导下的抗日军民和整个中华民族的精神和意志。气势充沛，酣畅淋漓，展示了阔大而深远的境界。感情得到升华，文章达到高潮。

6. 齐读最后1段，讨论：作者将白杨树与楠木进行比较，目的何在？

教师补充：茅盾同志曾经说过："贵族化的楠木象征国民党反动派。我写此散文是这样想的。"学生讨论后明确：作者之所以在此写楠木，其实是把楠木和白杨树对比，再次强调白杨树的不平凡，与顽固派的观点形成对比，表明作者鲜明的爱憎之情，歌颂抗日军民，呼应篇首。

四、链接生活，学习写法。

1. 在你身边是否有一些和白杨树一样平凡的普通人，你是否也能发现他们身上的美？在你心中，美的标准是什么？（不需要给美下定义，只要谈出你对美独到的认识。）

如：心灵善良是一种美，朴素是一种美，妈妈劳碌的身影是一种美，孩子纯真的笑容是一种美……

2. 选择一种你熟悉的植物，如松树、荷花、小草、玫瑰……你能否用它来象征你身边的某个人？说说它和他之间有何共同之处。

知识链接：象征是通过特定的容易引起联想的形象表现与之相似或相近特点的概念、思想或感情的艺术手法，它不仅是文学创作的手法，而且在艺术生活中也广泛运用。

五、推荐类文，拓展阅读。

1. 袁鹰散文：《白杨》《井岗翠竹》。

2. 茅盾作品：《白杨礼赞》姐妹篇《风景谈》。

根据以上教学设计，在课堂上注重引导学生朗读课文，通过抓住关键词句，引导学生理解作者所表达的情感，进而领会作者的写法。课堂上学生表现积极，对课文朗读和品味具体细腻，尤其是对白杨树象征意义的理解很深入，很动心。

课堂上有这样几个片段，呈现如下：

片段一

师：请同学们带着美的情感，再读全文，找出反复出现的抒情句。

（生稍稍坐直，朗读、发言，指出反复出现的句子。）

师：贯穿"环境美、形象美、象征美"的，是作者的情感美；连接"三美"的纽带，是文中的反复穿插、层层递进的抒情式"主题句"。请同学们带着美感，把这些句子读出来。

（生朗读。）

片段二

师：请同学朗读描写白杨树形美的段，女同学读第一层，要读得清脆、柔美；男同学读第二层，要读得豪爽、有阳刚之气。在哪里分层，同学们自己去商量，怎样才能读出白杨树的美，请大家自己体会。

（学生：交头接耳，商量、讨论、勾画，正确地分层朗读。）

师：你们不约而同地分好了层次，依据是什么？

（学生踊跃回答，老师微笑，点头赞许，梳理：第一层描写形态之美，是实写；第二层议论、抒情，写白杨树内在气质之美，是虚写。）

片段三

师：第7段写得好，写得美，好在哪里？美在什么地方？请同学们自读课文，圈出生字词语，然后以"我认为写得好的是……"或"我认为写得美的是……"开头，说说你自己的看法。大家合作学习，互相商量，互相交流，先自言自语地讲，再对着大家讲。

（课堂热闹起来，老师巡回、参与、微笑、点头、指点，学生踊跃发言，老师帮助整理、评析。）

师："用词美"，说得好。"它伟岸、正直……它是树中的伟丈夫"，八个形容词或者说八个褒义词分三个层次表达，激情好浓好浓啊。表面看好像在赞美白杨树，实际上已经在赞美抗日军民。这是拟人式抒情句，这是递进式抒情句。大家再读这一句，注意这八个褒义词，认真体会，读出重音，读出韵味。

这里的三个片段，是教学重点中的"品读"，"读"具有带动性和概括性；"品"加强示例，发挥知识教示作用，拥有激发性和牵引性。片段中老师先抛出问题，学生开始活动，踊跃发言，教师评析，课堂热闹起来。本设计指向于阅读内容，问题一出，学生为读出内容全力以赴：仔细朗读文本，分析文本结构，体味文本内容等等，认识较为全面和深刻。"品读"中，生生、师生、文本等各种教学要素同时在场，实现的是"场效应"，既找到了文本鉴赏的紧要点，又点击了学生思维的兴奋点，多维互动，多向交汇，为教学最终目标的实现做了充分的准备。

综观整堂课，导入课题、整体感知、品读语言、初探写法、拓展阅读，是这节课的五个教学板块。从教学结构上看，它们线条简明、清晰、有序。从教学内容上看，作为重点的"品读"板块，分别对文章中最有特色、最能揭示主旨的部分进行了精当的赏析，是对教学信息的高水平优化。从教学流程上看，由整体到局部再回到整体，遵循了阅读教学的规律。从教学方法看，读与思、读与悟、读与品、读与写巧妙结合，各有侧重，且步步深入，符合学生的认知规律，在潜移默化之中给学生以自学方法的指导。整个教学过程以"读"为经线，以"品味语言"为纬线，贯穿着"训练语感和发展思维"的涓涓活水，五个教学板块层层递进，相对独立而又环环相扣。